Meniti IMPIAN

A HALIM HASSAN

PARTRIDGE
A Penguin Random House Company

To order additional copies of this book, contact
Toll Free 800 101 2657 (Singapore)
Toll Free 1 800 81 7340 (Malaysia)
orders.singapore@partridgepublishing.com

www.partridgepublishing.com/singapore

Kata Pengarang

Pencapaian Singapura dari sebuah pusat perdagangan entrepot pada awal 1950an kepada sebuah negara maju di abad ke 21 telah banyak dibincangkan serta dibukukan oleh para akademik serta pihak-pihak yang mempunyai peranan besar atau *direct influence* keatasnya. Sebaliknya, novel ini cuba memaparkan bagaimana masyarakat Melayu Singapura sebagai salah satu masyarakat tempatan, berdepan dengan perubahan yang berlaku di negara ini. Sayugia diingatkan, perubahan yang disebutkan tadi meliputi banyak aspek hidup seperti sosial, budaya dan politik masyarakat Melayu dan ia merangkumi lebih dari satu generasi.

Isu utama yang ingin ditonjolkan di dalam novel ini adalah pengorbanan yang dibuat oleh masyarakat Melayu Singapura dalam proses pembangunan negara sebelum dan selepas merdeka. Dengan bilangan penduduk yang kecil serta kurang berupaya di bidang ekonomi berbanding dengan masyarakat-masyarakat lain terutama orang Cina, memang terdapat tanggapan bahwa orang Melayu tidak membuat pengorbanan penting dalam pembangunan negara. Tetapi, disebalik itu, proses pembangunan negara yang disebutkan tadi merangkumi kesemua lapisan masyarakat di Singapura. Lantas amat mustahil jika dikatakan orang Melayu tidak ada buat pengorbanan tersendiri mereka. Misalnya, ramai orang Melayu telah keluar berpindah dari rumah kampong untuk tinggal di rumah-rumah flat untuk membuat laluan bagi pembinaan prasarana negara. Mereka meninggalkan saudara-mara serta orang-orang yang mereka kenali sejak kecil tanpa membuat sebarang kacau atau rusuhan. Juga, orang Melayu telah menghantar anak-anak mereka ke sekolah-sekolah bukan aliran Melayu dengan tujuan mempersiapkan mereka bagi

i

memasuki dunia pekerjaan yang memerlukan keupayaan bertutur dalam bahasa Inggeris. Bila ini terjadi, penggunaan bahasa serta penghayatan sastera Melayu mulai berkurangan dikalangan anggota masyarakatnya.

Satu lagi isu penting yang cuba dikemukakan adalah sumbangan masyarakat Melayu Singapura sebelum negara ini keluar dari Malaysia. Harus diingatkan semasa penjajahan British, perjuangan masyarakat Melayu begitu ketara sekali disebabkan Singapura adalah pusat pentadbiran penjajah British di Malaya. Terdapat banyak media massa dan persatuan-persatuan Melayu yang memperjuangkan kemerdekaan Singapura dari penjajahan British. Rusuhan 1950 tercetus akibat dari perasaan nationalisma yang meninggi dikalangan orang Melayu selain dari perjuangan untuk tuntutan agama. Apabila Singapura mendapat taraf pemerintahan sendiri (self-government) pada 1959, beberapa orang Melayu ada terlibat dalam pentadbiran negeri contohnya Encik Yusof Ishak serta Prof Ahmad Ibrahim. Dari segi politik pula, banyak orang-orang Melayu yang terlibat dalam parti-parti politik seperti PAP dan PKMS. Pada ketika Singapura berada di dalam Malaysia, perasaan puas hati dan tenang wujud dikalangan masyarakat Melayu walaupun kadangkala perasaan risau timbul akibat dari pertelingkahan antara pemerintah Singapura dengan kerajaan pusat di Kuala Lumpur.

Isu ketiga yang ingin diketengahkan adalah kepercayaan atau *trust* di antara masyarakat Melayu dengan pemerintah Singapura. Apabila Singapura keluar dari Malaysia pada tahun 1965, perasaan hampa menimba masyarakat Melayu Singapura. Ini disebabkan oleh penglibatan emosi yang teramat dalam serta timbulnya perasaan syak-wasangka antara masyarakat Melayu dengan pemerintah. Ada beberapa dasar pemerintahan yang telah menimbulkan perasaan curiga dikalangan orang-orang Melayu contohnya, dasar pentadbiran yang *pro-business*. Segala usaha dan inisiatif yang menggalakkan perkembangan ekonomi dan perdagangan dengan negara-negara maju mendapat keutamaan dari pemerintah. Dasar-dasar ini serta nilai-nilai yang datang bersamanya adalah suatu unsur baru bagi kebanyakkan orang Melayu. Percanggahan ini sering menimbulkan masalah penyesuaian bagi mereka. Di samping itu, pemerintah mempunyai agendanya tersendiri seperti pembasmian rasuah, pertahanan negara, dan perhubungan luar negeri dengan Israel. Bila ini semua terjadi, masyarakat Melayu berasa tersisih dan penuh kehampaan. Pemerintah dipandang tidak sensitif dan peka dengan keperluan dan kehendak orang Melayu. Namun begitu, perasaan ini tidak kekal lama dan orang Melayu sendiri membuat keputusan untuk memandang ke hadapan dan tidak dibelenggukan diri dengan sentimen ini. Proses perubahan tersebut berlaku secara perlahan-lahan, dan bukan dengan sekelip mata.

Isu kepemimpinan adalah penting dalam pembangunan sebuah masyarakat. Berbanding dengan Singapura, kebanyakkan negara di Asia Tenggara mempunyai ramai para cendikiawan serta sumber alam yang luas. Tetapi disebabkan oleh kepimpinan yang berpecah belah serta *moral politics* yang tandus di kalangan mereka, negara-negara ini ketinggalan di dalam banyak bidang. Kewibawaan pemimpin bagi sesuatu masyarakat boleh menentukan samada ia akan maju atau mundur. Ini adalah wajar dalam kontek masyarakat Singapura selepas merdeka,

Bagaikan kata-kata pepatah "Tak akan ada perjuangan jikalau tidak ada pengorbanan" maka masyarakat Melayu Singapura telah menunjukkan daya tahan yang lasak untuk terus hidup di negara moden Singapura. Secara sedar atau tidak, masyarakat Melayu

Singapura telah mengubah pendirian dan nilai-nilai mereka sesuai dengan keperluan hidup yang baru. Konvensyen Mendaki pada tahun 1982 adalah salah satu kemuncak terhadap pengubahan minda itu. Pendekatan yang diambil untuk meningkatkan taraf hidup orang Melayu secara *collective* amat dialu-alukan.

Mudah-mudahan masyarakat Melayu Singapura dengan didukungi para pemimpin yang berwibawa akan terus berjaya dan mengorak langkah untuk kekal relevan justeru itu memainkan peranan yang lebih penting dalam pembangunan Singapura.

A Halim Hassan
4 Julai 2013

Penghargaan

1. Terima kasih kepada Cikgu Hasnah Hassan, M.Ed yang banyak mencurahkan tenaga dalam projek ini dan berkongsi pendapat dalam usaha meningkatkan taraf pencapaian dan pengilhaman bahasa Melayu dikalangan penuntut-penuntut Melayu di Singapura.

2. Kepada semua ahli keluarga terutama ibu dan bapa, serta mertua yang telah banyak memberi sokongan dan inspirasi kepada projek ini. Juga, terima kasih kepada teman-teman yang telah berkongsi pengalaman hidup mereka.

3. Untuk isteriku, Zainon, terima kasih dari ku selalu. Untuk anak-anakku, tibalah masa untuk generasi mu pula menentukan masadepan masyarakat Melayu Singapura. Sambutlah cabaran ini dengan tangan terbuka.

4. Akhir sekali, ribuan terima kasih kepada pemimpin-pemimpin masyarakat kita yang telah mengorbankan masa dan tenaga demi untuk negara dan bangsa. Mudah-mudahan jasa budi mu dikenang selalu serta diberkati Tuhan.

Isi Kandungan

Bab Satu

Tanggal 11 Disember 1950 jam 4 petang, keadaan di dalam kedai makan berdekatan dengan simpang Joo Chiat dan Geylang Serai sungguh riuh dan gawat ketika itu. Kelihatan ramai orang sedang sibuk membeli makanan dan menjamu selera juadah yang dijual oleh para penjaja di sini. Kebanyakan mereka ialah orang Melayu tidak kira usia muda atau tua. Masing-masing sibuk melayani diri sendiri. Ada juga di antara mereka yang duduk di meja makan sambil berbincang tentang hal semasa. Pada masa itu, hanya satu perkara sahaja yang menjadi perhatian masyarakat Melayu di Singapura.

Kes perbicaraan anak perempuan muda bernama Natrah di Mahkamah Tinggi Singapura merupakan tajuk yang sering dibualkan oleh orang Melayu. Natrah, anak kepada pasangan bangsa Belanda, telah dibesarkan oleh keluarga Melayu semasa Perang Dunia Kedua dan telah berkahwin dengan seorang lelaki Melayu bernama Cikgu Mansor Adabi. Kedua ibubapanya mahukan anak mereka kembali kepangkuan mereka dan pulang bersama mereka ke Eropah. Malangnya, kes ini melibatkan lebih dari pertelingkahan antara keluarga. Ia diseliputi dengan perasaan anti-penjajah serta semangat nasionalisme yang berleluasa ketika itu. Setiap hari kes ini mendapat perhatian di muka hadapan kebanyakan akhbar-akhbar Melayu seperti Melayu Raya dan Utusan Melayu.

Dua orang anak muda yang duduk di satu sudut di kedai makan tersebut kelihatan sedang asyik berbual tentang kes perbicaraan Natrah di Mahkamah Tinggi. Mereka ialah Hassan dan Ahmad Dahri, kedua-dua mereka berumur dalam lingkungan awal 20an dan berasal dari Lorong G Telok Kurau. Mereka sering datang ke Geylang Serai untuk menghabiskan masa lapang selepas penat bekerja seharian seperti lain-lain anak muda Melayu ketika itu.

"Rancangan aku hari ini hendak pergi ke High Street. Kau hendak ikut sama, Mat?" tanya Hassan kepada temannya.

"Hari ini hakim akan buat keputusan tentang kes Natrah itu," tambah Hassan lagi seperti mengumpan temannya. Dia tahu Ahmad memang gemar mengikuti kes tersebut.

Ahmad diam seketika kerana tiada terlintas di akal fikiranya untuk pergi ke High Street pada hari itu. Hatinya berbelah bagi kerana dia sudah buat temu janji dengan seorang teman lain selepas ini. Dahinya berkerut sedikit memikirkan pelawaan daripada teman baiknya.

"Kita nak buat apa kau pergi ke sana?" tanya Ahmad dengan curiga. Hatinya menjadi cemas memikirkan perkara itu.

"Eh, kita beri sokongan kepada keluarga Cikgu Mansor!" jelas Hassan dengan nada tinggi sedikit. Dia seakan-akan marah apabila pertanyaan itu dilemparkan kepadanya. Sebagai seorang Melayu, dia sudah semestinya memberikan sokongan kepada keluarga Natrah yang berbangsa Melayu.

Hassan, anak sulong dalam keluarga enam orang adik beradik yang dibesarkan oleh neneknya setelah kematian ibunya sebelum Perang Dunia Kedua. Beliau ialah seorang lelaki yang tegas pendiriannya dan yakin membuat sesuatu keputusan apabila menghadapi masalah. Sifatnya sebegini akibat dari pengalaman hidupnya ketika dibesarkan. Bapanya sibuk dengan tugas harian mencari rezeki untuk keluarga dan sering tiada di rumah. Sebagai anak yang sulong, Hassan selalu membuat keputusan dalam urusan menjaga adik-adiknya. Justeru, ini memupuk sifat semula jadinya untuk memimpin orang-orang disekelilingnya.

Sebentar kemudian datang seorang pemuda Melayu ke meja dua orang itu tadi. Lelaki ini lebih kurang sebaya dengan mereka itu. Bentuk badannya tegap dan mukanya sentiasa kelihatan gersang seperti dalam kerisauan.

"Kenapa lambat, Man?" Hassan bertanya kepada pemuda tersebut yang bernama Sulaiman.

"Taukeh aku suruh kerja lebih hari ini," jawab Sulaiman dengan selamba. Mukanya merah sedikit kerana berang dengan majikannya.

"Tadi pagi bila aku beritahu dia yang aku ingin habis kerja siang, dia jadi marah. Lalu dia suruh aku habiskan kerja baharu. Celaka!" sambung Sulaiman dengan penuh kemarahan.

"Sabar kawan," kata Ahmad untuk menyejukkan hati temannya itu.

"Minum air kopi aku ini." Ahmad mempelawa sambil menuding jari ke arah secawan kopi di atas meja makan mereka.

"Kenapa kau ingin habis kerja siang hari ini, Man?" Hassan menyoal Sulaiman sejurus selepas dia habis minum air kopi. Dia ingin tahu rancangan temannya itu.

"Entahlah. Hati aku kasihan tenguk keluarga Cikgu Mansor. Setiap hari aku baca suratkhabar tentang kes Natrah. Aku rasa keputusan mahkamah mungkin tidak akan menyebelahi mereka," jawab Sulaiman dengan nada selamba lagi.

"Mengapa mesti begitu?" tanya Ahmad yang sememangnya curiga bagaimana undang-undang British akan menyelesaikan masalah kes tersebut.

"Ini sudah pasti. Bahkan ia ialah satu kemungkinan besar,"jawab Sulaiman dengan nada suara yang tinggi.

"Mahkamah dipengerusikan oleh orang putih. Tidak mungkin dia hendak beri Natrah kepada keluarga Melayu, orang yang dijajah mereka," jelas Sulaiman yang kini terlupa bahawa dia sedang berada di kedai kopi. Perbualan mereka menjadi hangat apabila Sulaiman menyebut tentang soal penjajahan.

"British terlupa kita sudah lihat bagaimana mudah Jepun menghalau mereka dari sini." Sulaiman mengingatkan teman-temannya tentang peristiwa Perang Dunia Kedua yang baharu lepas itu.

"Baiklah, kalau begitu, kita pergi ke High Street sekarang ini." Hassan bersuara sambil merenung ke wajah teman-temannya meminta persetujuan.

Sulaiman mengenyitkan mata kirinya tanda bersetuju dengan cadangan itu. Ahmad pula kelihatan berbelah bagi sambil merenung ke muka meja. Hassan hilang kesabaran melihat kelakuan Ahmad sejak dari awal tadi.

"Mat, jadi tidak?" tanya Hassan kepada temannya dengan nada berang.

"Aku rasa aku tidak boleh ikut hari ini, San," jawab Ahmad dengan nada perlahan. Dia tahu temannya itu akan berasa hampa dengan keputusannya tetapi dia tidak mahu batalkan temu-janjinya yang sudah dibuat pada hari itu.

"Eh, kamu berdua berhati-hati di sana. Jangan terlalu ikutkan perasaan apabila keputusan mahkamah tidak berpihak kepada keluarga Cikgu Mansor!" Ahmad mengingatkan teman-temannya sebelum mereka berpisah dari kedai makan itu.

Hassan dan Sulaiman pun berangkat dengan menaiki bas untuk pergi Ke High Street. Tiket bas yang berharga lima sen seorang dibayar oleh Hassan setelah Sulaiman terkial-kial mencari duitnya. Di sepanjang perjalanan itu, kedua-dua anak muda ini memerhatikan sahaja bandar Singapura yang sedang sibuk membangun semula selepas tamat Perang Dunia Kedua. Rumah-rumah kedai dua tingkat terdapat di sepanjang jalan dari Geylang hingga ke Sungai Kallang diikuti dengan gedung-gedung yang berisi barang dagangan yang telah diangkut dari kapal. Rancak sungguh pembangunan ekonomi Singapura ketika itu.

Apabila mereka sampai di luar bangunan Mahkamah Tinggi, mereka pun turun dari bas. Sebelum turun, mereka terdengar pemandu bas yang berbangsa Cina menasihati mereka agar berhati-hati. Hassan berasa hairan campur terharu mendengarkan nasihat drebar bas itu.

"Kenapa drebar itu berkata sedemikian? Adakah nanti akan terjadi suatu perkara buruk di sini?" bisik Hassan dihatinya.

"Baik, taukeh!" jawab Sulaiman dengan selamba sambil turun dari bas.

Keadaan aman yang dilihat oleh kedua anak muda itu tadi bertukar menjadi riuh rendah lagi mengerunkan apabila mereka tiba dekat bangunan Mahkamah Tinggi di High Street. Terdapat ramai orang Melayu yang sedang berdiri sambil melaung-laungkan "Allahu Akbar!" di luar bangunan tersebut. Beberapa pegawai polis yang bertugas sedang mengawal mereka yang datang dekat ke bangunan itu.

Keadaan menjadi bertambah buruk apabila kereta yang membawa Natrah keluar meninggalkan bangunan itu. Dia pergi tanpa ibu dan suami Natrah didalamnya.

"San, kau nampak itu?" tanya Sulaiman selepas kereta membawa Natrah berjalan lalu di hadapan mereka. Jantungnya berdegap-degup dengan kuat apabila melihat kereta tersebut.

"Aku pasti hakim memihak kepada keluarga Belanda dan bukan Cikgu Mansor," katanya lagi seperti orang baharu menang berjudi.

"Tetapi kita belum tahu akan keputusan itu, Man. Kita tengok duhulu." Hassan mengingatkan temannya supaya jangan terlalu melulu dalam membuat keputusan.

Beberapa minit kemudian, terdapat sekumpulan orang Melayu bersongkok hitam keluar dari bangunan tersebut. Mereka ialah tokoh-tokoh pemimpin yang mendukungi perjuangan antipenjajah seperti Burhanuddin Helmy, Karim Gani dan Mohd Taha Kalu. Wajah mereka kelihatan muram seolah-olah hampa dengan keputusan yang telah dibuat oleh mahkamah terhadap kes Natrah. Sejurus kemudian mereka meninggalkan tempat itu bersama ahli keluarga Natrah dengan menaiki beberapa buah kereta.

Laungan "Allahu Akbar!" kemudian menjadi semakin kuat. Keadaan bertambah gawat apabila sekumpulan orang mula melempar batu ke arah pegawai-pegawai polis.

"Lebih baik kita beredar dari sini." Hassan mengajak temannya meninggalkan tempat tersebut. Dia percaya sesuatu buruk akan berlaku sebentar lagi.

Sulaiman, pada mulanya keberatan untuk mengikut Hassan meninggalkan tempat itu. Setelah Hassan menarik kuat tangannya, baharulah dia ikut pergi walaupun pandangan matanya masih tertumpu ke arah sekumpulan orang yang berdiri di luar bangunan tersebut. Kemudian, dia nampak beberapa pegawai polis berbangsa Sikh yang mengawal keadaan mula bertindak dengan menggunakan kekerasan menghalau orang-orang awam pergi dari situ.

"San, lihat itu. Polis menghalau mereka dengan kekerasan," kata Sulaiman yang kini sudah berada seratus meter jauh dari bangunan mahkamah itu.

"Ini tidak bagus. Ini tidak bagus, San," katanya lagi dengan marah.

"Aku pun rasa begitu juga. Elok kita pulang sekarang sebelum apa-apa terjadi kepada kita." Hassan menyetujui pendapat temannya itu.

"Macam mana kita hendak pulang? Aku rasa tidak ada bas yang akan datang masuk mengambil penumpang di sini," kata Sulaiman sambil teringat nasihat pemandu bas yang mereka naiki tadi.

"Kita berjalan pulang sahaja. Apabila ditanya polis, kita beritahu bahawa kita baharu pulang dari kerja." Hassan mengajar Sulaiman tentang tindakan selanjut mereka.

Seperti yang diduga kedua pemuda itu tadi, satu rusuhan anti-penjajah telah terjadi berikutan dari keputusan mahkamah menyebelahi pihak keluarga Belanda. Rusuhan berlanjutan sampai ke kawasan Kallang dan Geylang. Bagi satu pihak ialah orang-orang Melayu dan di satu pihak lain pula, pegawai-pegawai polis yang berbangsa Inggeris, Sikh dan Gurkha.

Hassan dan Sulaiman terserempak dengan sekumpulan para perusuh itu di kawasan Kallang. Mereka diajak ikut bersama oleh para perusuh itu kerana mereka pun hendak menuju ke Geylang.

Di satu tempat lain, para perusuh ini ternampak sebuah bas milik syarikat British yang sedang menuju ke arah mereka. Salah seorang daripada mereka kemudian mengesyorkan agar membakar bas tersebut dan ini dipersetujui oleh yang lain-lain. Sejurus sahaja bas tersebut berhenti, pekikan kuat "Bakar! Bakar!" kedengaran.

Sulaiman melihat-lihat ke dalam bas tersebut seolah-olah mencari pemandunya. Ini kerana dia lihat mirip wajah pemandu itu seakan wajah bekas jiran rumahnya.

"Wak Yem!" Sulaiman memekik ke arah pemandu bas itu beberapa kali.

"Sulaiman. Itu kau, Man?" jawab pemandu tersebut dengan suara ketakutan.

"Wak Yem, keluar dari bas sekarang. Mereka hendak bakar bas ini. Cepat turun!" Sulaiman berkata dengan nada cemas.

Tangannya dihulurkan ke arah Wak Yem yang bergerak dengan perlahan.

"Kenapa hendak bakar bas ini, Man?" tanya Wak Yem dengan nada cemas. Wajahnya penuh risau dengan seribu soalan.

"Apa yang hendak aku pandu besok?" soalan Wak Yem itu ditujukan kepada Sulaiman dan para perusuh lain namun tiada jawapan yang diberikan oleh mereka.

"Bakar! Bakar!" laungan itu kedengaran lagi. Ini diikuti oleh para perusuh mencurahkan minyak ke dalam bas dan kemudian melemparkan obor api beramai-ramai. Bas itu pun terbakar dengan dahsyat sekali. Kepulan asap hitam yang berbau busuk mula mencengkam kawasan tersebut. Para perusuh berlaung-laung "Allahu Akbar" sambil meninggalkan bas tersebut. Hassan dan Sulaiman hanya melihatkan kejadian itu tanpa berkata-kata.

Sampai sahaja mereka di kawasan Geylang Serai, kedua pemuda itu lihat kepungan polis telah didirikan di sana. Secara senyap, mereka pun membawa diri keluar dari kumpulan perusuh itu tanpa diketahui mereka.

"Kita sudah hampir sampai ke rumah. Apabila ditanya oleh polis nanti, kita beritahu bahawa kita baharu habis tengok wayang," kata Hassan mengajar lagi temannya tindakan selanjut mereka. Sulaiman bersetuju dan mengganggukkan kepalanya.

Dalam perjalanan mereka, Hassan dan Sulaiman di tahan polis di satu kepungan. Tanpa berlengah, pegawai polis yang berbangsa Sikh itu menyuruh mereka masuk ke dalam bas polis yang berdekatan.

"Apa kami sudah buat, encik?" tanya Hassan kepada pegawai polis tersebut.

"Tak ada dengar perintah *curfew*kah?" balas pegawai itu dengan suara tinggi.

Satu perintah berkurung telah dikeluarkan oleh pemerintah Singapura berikutan rusuhan petang tadi. Mengikut arahan ini, semua orang awam dilarang keluar rumah pada pukul tujuh malam hingga tujuh pagi esoknya. Sesiapa yang melanggar perintah ini akan dimasukkan ke dalam lokap polis dan mungkin dihadapkan ke mahkamah sekali.

"Tetapi kita baharu habis tengok wayang pukul tujuh tadi." Hassan membalas.

"Tak mengapa. Dalam bas boleh tengok wayang lagi," jawab pegawai polis Sikh itu secara sinis.

Kedua pemuda itu pun bergerak masuk ke dalam bas dengan berat hati. Setelah mereka bertungkus lumus untuk mengelakkan polis, akhirnya ditahan juga. Lebih sedih lagi, mereka sudah hampir sampai ke rumah.

Sementara itu, di satu rumah di Lorong G Telok Kurau, Ahmad sedang duduk di kerusi rihat dan mendengar berita di radio dengan penuh minat. Bila berita tentang rusuhan itu dibacakan, mukanya kelihatan teramat risau sekali.

"Mengapa ini terjadi? Kenapa begini pula kesudahannya?" dia bertanya kepada dirinya sendiri.

"Siapakah yang bertanggungjawab tentang hal ini semua? Orang Melayukah?" tambah Ahmad dengan perasaan sedih.

"Mengapa polis gunakan kekerasan sedangkan orang Melayu hanya meluahkan perasaan hampa mereka terhadap keputusan mahkamah," berbisik Ahmad di hatinya.

Apabila teringatkan teman-temannya yang dia bertemu petang tadi, Ahmad pun berdoa untuk keselamatan mereka.

"Moga-moga Hassan dan Sulaiman berada dalam keadaan selamat sekarang." Ahmad berdoa dengan kesungguhan dihatinya.

"Kasihan kalau sesuatu perkara buruk berlaku ke atas mereka," keluhan di hati Ahmad lagi.

Ahmad berasal dari keluarga Melayu Minang yang mempunyai pendidikan tinggi. Bapanya bekerja sebagai seorang kerani di Jabatan Kerjaraya sementara datuknya pula pernah bertugas sebagai penulis dengan suratkhabar Utusan Melayu di Singapura. Dengan latar belakang sebegini, da mempunyai pemikiran yang berbeza daripada ramai anak-anak muda Melayu pada ketika itu. Dia menganggap penjajah British lebih baik daripada lain-lain penjajah Eropah dan orang Melayu seharusnya mempelajari cara politik dan pemerintahan mereka.

Sedang Ahmad duduk bersendirian di ruang rihat, datuknya datang dengan tujuan hendak mengetahui perkara yang difikirkan oleh cucunya itu.

"Sudah kau dengar berita tentang perintah berkurung itu?" tanya Pak Agus kepada cucunya.

Ahmad tidak menjawab soalan datuknya itu. Dia hanya menganggukkan kepalanya perlahan-lahan.

"Saya curiga, Tuk. Kenapa orang Melayu bertindak membuat rusuhan itu? Kenapa mereka memilih jalan yang menggunakan kekerasan?" Ahmad mencurahkan perasaan hampanya kepada Pak Agus.

"Sudahlah, Mat. Tidak payah kau berfikir jauh tentang hal itu. Tentang soal agama dan nasionalisme, ia melibatkan jiwa seseorang itu, bukan akal fikiran," kata Pak Agus.

"Apabila seseorang itu berasa agama dan bangsanya dianiayai, dia akan berhenti menggunakan akal. Sebaliknya, dia akan menggunakan perasaan marahnya sahaja," Pak Agus berkongsi dengan cucunya.

"Jadi?" bertanya Ahmad dengan kemuskilan.

"Inilah yang terjadi sekarang. Jika perkara-perkara ini dikendalikan dengan cara yang salah atau cuai oleh pemerintah, maka terjadilah perkara sebegini," kata Pak Agus sambil menggunakan bibirnya untuk mengarahkan perhatian Ahmad kepada berita di radio itu.

Ahmad mengusap-usap dagunya seolah-olah bersetuju dengan ucapan Pak Agus. Dia akur bahwa pemerintah harus bertindak dengan bijaksana apabila menangani masalah agama dan perkara-perkara lain yang sensitif bagi orang Melayu.

Kemudian, hatinya menjadi risau dan tidak menentu apabila terkenangkan lagi nasib teman-temannya, Hassan dan Sulaiman yang telah pergi ke bandar petang tadi. Keinginnannya untuk berbual lebih lama lagi dengan datuknya dibatalkan.

"Baiklah, Tuk. Ahmad hendak masuk tidur sekarang." Ahmad berkata sambil berdiri meninggalkan datuknya di ruang rihat.

Pada keesokan harinya, rusuhan anti-penjajah berterusan manakala perintah berkurung dilanjutkan oleh pemerintah untuk selama sebelas hari lagi. Ramai orang mengeluh kesusahan akibat perintah berkurung tersebut. Setelah tamat rusuhan itu, maka terdapat banyak liputan berita tentang jumlah sebenar mangsanya. Mengikut surat khabar *The Straits Times*, bilangan orang yang menjadi mangsa akibat rusuhan tersebut ialah 18 kematian dan 173 cedera parah. Lebih teruk lagi ialah kerosakan harta benda yang berjumlah jutaan dolar akibat rusuhan ini. Pihak yang mengalami kerugian bukan sahaja pemerintah British malahan orang awam juga.

Sementara itu, Hassan dan Sulaiman ditempatkan di dalam lokap polis di *Central Police Station* dekat *Pearl's Hill* bersama beberapa orang anak muda Melayu lain. Mereka berada di sini lebih kurang seminggu lamanya. Mereka dituduh terlibat dengan kumpulan samseng *Black Belt* yang bertanggungjawab terhadap banyak kerosakan harta benda pemerintah British. Mereka ditahan untuk membantu siasatan polis terhadap kes-kes kerosakan harta benda itu.

"Apa yang sudah berlaku?" tanya Hassan kepada diri sendiri.

"Sedang aku merengkok di dalam lokap, bagaimana pula keadaan adik-beradik aku di rumah?" fikirannya menerawang.

"Bagaimana kalau pihak polis tahu aku terlibat dalam rusuhan tempoh hari? Aku akan pasti dihukum masuk penjara untuk beberapa bulan atau tahun. Hidup seperti begini!" hati Hassan mulai mengeluh kerana menyesal dengan apa yang telah berlaku.

"Tidak. Aku tidak mau hidup begini," sumpah Hassan kepada dirinya sendiri.

Pada masa yang sama, Sulaiman pula berasa selesa dengan lain-lain tahanan di dalam lokap itu. Hatinya gembira apabila melihat ramai anak-anak muda Melayu berada bersamanya di dalam lokap itu. Di antara mereka ialah ahli-ahli samseng yang berasal dari Geylang. Dia memang kenal mereka sejak dari dahulu tetapi tidak pernah duduk bergaul seperti sekarang. Kali ini mereka duduk sebilik dan Sulaiman dilayan oleh mereka seperti teman lama.

"Orang putih ingat mereka boleh buat sesuka hati dengan kita. Keputusan hakim selalu sahaja menyebelahi mereka. Tetapi kita bukan bodoh," kata Sulaiman kepada salah seorang tahanan di dalam lokap.

"Kita tidak suka diperbodohkan lagi," tambah Sulaiman. Kali ini nada suaranya penuh dengan kesungguhan.

"Janganlah mereka ingat boleh jajah kita untuk selama-lamanya. Kita tidak takut kepada mereka," kata Sulaiman lagi sebagai memberi amaran kepada British.

"Kita akan bangun melawan mereka," kata Sulaiman dengan disambut baik oleh tahanan-tahanan lain. Mereka semua bersetuju sambil mengangguk kepala masing-masing.

Kemudian, ketika dia sedang berbaring di atas lantai untuk tidur, Sulaiman berkata perlahan kepada dirinya sendiri.

"Orang Melayu mesti bersatu melawan penjajah. Aku yakin ini boleh terjadi," bisik hati Sulaiman dengan penuh semangat.

Beberapa ketika kemudian, Sulaiman tersenyum girang. Dia seolah-olah merasa puas hati.

"Rusuhan ini menunjukkan orang kita sudah bangun," kata Sulaiman dengan penuh bangga. Sejurus itu, dia pun terlena tidur di satu sudut dalam lokap itu.

Bab Dua

Sesudah lebih seminggu dikurung dalam lokap di *Central Police Station*, Hassan dan Sulaiman dibawa ke pejabat ketua balai untuk mendengar dakwaan samada mereka terlibat dalam rusuhan tempoh hari. Jantung anak-anak muda ini berdegup dengan pantas dan peluh mulai mengalir di wajah mereka ketika berdepan dengan seorang inspektor polis yang sedang duduk di belakang meja besar. Sebentar kemudian, laporan polis dibacakan oleh seorang koperal dalam bahasa Inggeris. Sulaiman mendongakkan kepalanya sambil terkebil-kebil mata untuk memahami laporan itu manakala Hassan berdiri dengan mukanya menghadap ke lantai pejabat.

"Kamu berdua diberi peluang untuk pulang hari ini," kata inspektor polis berbangsa Inggeris itu kepada kedua mereka setelah habis laporan itu dibaca.

"Polis akan mengawasi segala tingkah laku kamu mulai dari hari ini. Jika kami mendapati cukup bukti tentang kamu berdua terlibat dalam rusuhan tempoh hari, kami akan bawa kamu balik semula ke lokap untuk didakwa di mahkamah. Tambahan lagi, jika kamu didapati terlibat dalam lain-lain kesalahan walau macam mana kecil sekalipun, kamu akan dibawa balik ke lokap untuk didakwa. Dari itu, jaga diri kamu baik-baik semasa di luar nanti," inspektor polis itu menerangkan lagi.

"Jikalau kamu bersetuju dengan syarat-syarat ini, sila beri tandatangan di surat persetujuan ini sebagai tanda kamu telah faham dan bersetuju dengan syarat-syarat itu. Silakan!" arah inspektor tersebut sambil menghulurkan satu keping kertas kepada kedua pemuda yang sedang berdiri di hadapannya.

Tanpa berlengah lagi, kedua-dua mereka mengangguk kepala dan berkata, "Setuju!"

Sulaiman mengambil pena daripada koperal polis yang berdiri di sebelah kirinya lalu memberikan tandatangannya ke dalam surat itu. Kemudian, dia memberi senyuman sinis ke arah koperal tersebut. Hatinya lega dan puas hati dengan kesudahan peristiwa ini. Ini diikuti oleh Hassan yang turut menandatangani surat persetujuan itu.

Kemudian, kedua mereka dibawa keluar dari pejabat tersebut lalu meninggalkan balai polis itu. Hari sudah hampir jam 4 petang dan kelihatan banyak orang sedang menunggu bas untuk pulang ke rumah selepas habis bekerja. Hassan dan Sulaiman mengikuti mereka dan menunggu bas untuk pulang ke Geylang Serai.

Di sepanjang perjalanan pulang di dalam bas, Hassan hanya berdiam diri manakala Sulaiman sibuk memerhatikan segala pergerakan orang di luar bas. Sampai sahaja di Geylang, kedua mereka pun turun dari bas itu.

"Mana kita hendak pergi sekarang?" tanya Sulaiman kepada Hassan yang sedang memikirkan sesuatu perkara.

"Aku hendak pulang dahulu. Aku hendak tengok adik-adik aku di rumah." Hassan berkata ringkas. Dia memang sudah tidak sabar hendak pulang ke rumah. Dia ingin mengetahui keadaan ahli keluarganya, justeru itu meredakan perasaannya yang bersalah sejak ditahan dalam lokap.

"Kau tidak hendak main-main dahulu di Geylang ini sebelum pulang?" tegur Sulaiman seolah-olah mengejek temannya itu.

"Tidak payahlah. Esok nanti, kita jumpa lagi." Hassan membalas sambil meghulurkan tangan kanannya ke arah Sulaiman dan berjabat tangan lalu beredar dari situ.

Sejurus selepas mereka berpisah, Sulaiman pun menuju ke kedai makan di Geylang Serai. Di sini, dia bertemu dengan ramai anak-anak muda yang duduk di lokap bersamanya dahulu. Mereka bertukar-tukar salam sambil memberi senyuman lebar. Mereka seperti berpuas hati dengan pengalaman baharu mereka. Jiwa orang muda tidaklah sama dengan jiwa orang yang sudah berumur. Segala duri hidup dianggap sebagai suatu pengalaman yang menarik.

Sulaiman duduk bersembang di kedai makan itu sehingga senja. Selepas itu, dia pun berangkat pulang ke rumah. Sulaiman ialah anak ketiga di dalam keluarga yang mempunyai lima orang anak. Bapanya seorang kelasi dan sering keluar berlayar berbulan-bulan lamanya manakala ibunya pula seorang pembantu rumah yang membasuh kain baju orang di kawasan rumah mereka. Mereka hidup dalam keadaan yang susah dan jarang terdapat rezeki berlebihan seperti kais pagi makan pagi kais petang makan petang. Suasana di dalam rumahnya sentiasa hening dan sepi. Pada malam itu, seperti hari-hari biasa, kedua-dua ibu bapanya tiada di rumah melainkan adik-adiknya. Sulaiman terus masuk ke dalam bilik lalu tidur di atas tikarnya.

Sementara itu, Hassan pulang ke rumah dengan perasaan penuh kesal dan bersalah. Dia kesal ditahan oleh polis selama beberapa hari. Sampai sahaja dia di muka pintu rumahnya,

Hassan memberi salam dan disambut oleh adik perempuannya dari dalam.

"Oh abang, kenapa lama tidak pulang?" tanya adiknya, Hendon.

"Tidak ada apa-apa. Abah di mana? Semua baik?" Hassan menjawab sambil mengelak soalan adiknya tadi. Pandangan matanya tidak ditujukan kepada adiknya itu. Dia tidak mahu beritahu adiknya tentang hal yang telah berlaku kepadanya kebelakangan ini. Dia malu dengan kejadian itu.

"Adik-adik sedang tidur sekarang dan abah pula, dia sudah pergi ke surau. Kita semua baik-baik sahaja," jawab Hendon dengan nada rendah kerana takut adik-adiknya terkejut dari tidur.

"Abang sudah makan?" tanya Hendon lagi.

"Tidak payah, abang tidak lapar. Abang hendak mandi dahulu sebelum masuk tidur," kata Hassan. Hatinya kini lega setelah mendapat khabar baik tentang keluarganya. Semasa di dalam lokap dahulu, hatinya selalu risau, takut-takut mereka ditimpa malang akibat rusuhan yang lalu. Jika sesuatu buruk berlaku kepada mereka, dia pasti akan berasa kesal dengan nasibnya.

Seminggu kemudian, Ahmad datang melawat Hassan di rumahnya. Ahmad ingin menanyakan khabar berita tentang teman baiknya itu. Dia juga tahu Hassan kini sedang menganggur setelah di buang kerja kerana lama ditahan di dalam lokap polis.

"Kau pula, apa kau buat sekarang?" Hassan bertanya kepada Ahmad setelah mempelawa temannya masuk ke dalam rumah.

"Aku akan mengikuti kelas malam bulan depan, San. Aku hendak lanjutkan pelajaran bahasa Inggeris sebab aku hendak bekerja dengan sebuah syarikat guaman." Ahmad meluahkan tentang cita-citanya.

"Alah kau ini. Kau memang suka belajar, Mat!" menemplak Hassan.

Ahmad memang minat menghabiskan masa membaca buku dan berbincang tentang hal-hal semasa masyarakat Melayu. Dia tidak gemar berborak seperti anak-anak muda lain yang menghabiskan wang dengan menonton wayang dan berbelanja membeli pakaian seperti baju dan seluar serta kasut yang mahal. Minatnya dalam hal-hal ilmiah dan kemasyarakatan menyebabkan dia mempunyai pandangan yang berbeza dari kebanyakan anak-anak muda Melayu ketika itu. Namun, dia tetap menghargai persahabatannya dengan teman-teman seperti Hassan dan Sulaiman yang dikenalinya sejak dari kecil lagi.

"Tetapi, kenapa bekerja dengan guaman?" tanya Hassan dengan penuh curiga.

"Aku ada kenalan lain yang bekerja di sebuah syarikat guaman. Dia bekerja sebagai kerani dan mengikut katanya, kerjanya menarik dan gajinya juga baik. Lagipun, aku rasa melalui kerja seperti ini, aku akan dapat membantu orang-orang yang dalam kesusahan," kata Ahmad dengan kesungguhan.

"Kalau kau hendak berkhidmat kepada masyarakat, tidak payah bekerja di guaman itu. Ada banyak kerja-kerja lain." Hassan menyatakan sebaliknya.

"San, kau perlu tahu. Undang-undang bukan sahaja menangkap orang membuat salah. Ia juga melindungi masyarakat dengan memberi peraturan dan keseimbangan dalam hidup kita," jawab Ahmad. Matanya bersinar bulat menandakan keyakinan terhadap kenyataannya tadi.

Mendengar ucapan Ahmad itu, Hassan tersentak malu. Dia sedar ucapan itu menyindirnya dengan apa yang telah berlaku kepadanya tempoh hari dahulu.

Kemudian terdengar suara orang memanggil nama Hassan di luar rumahnya.

"San! San!" suara cemas Sulaiman memanggil temannya.

Hassan keluar ke pintu rumah meninggalkan Ahmad bersendirian di ruang tamu dan menjemput Sulaiman masuk ke dalam.

"Apa yang kau termengah-mengah, Man?" tanya Hassan sambil mengambil tempat duduk di ruang tamu.

"San, aku ada berita untuk kau. Kata teman-teman lain di Geylang, polis sedang mencari seorang yang bernama Hassan." Sulaiman beritahu kepada kedua-dua temannya.

"Tetapi apabila aku tanyakan kepada mereka Hassan yang mana di cari polis, mereka pun tidak tahu." Sulaiman menerangkan lagi.

Ahmad melihat Hassan dalam kegelisahan sejurus sahaja Sulaiman habis bercakap. Dia tahu Hassan cukup serik ditahan di lokap polis tempoh hari dahulu. Melihatkan keadaan ini, Ahmad cuba menenangkan temannya itu.

"Apakah benar berita ini, Man?" tanya Ahmad sambil memerhatikan keadaan Hassan ketika itu.

"Ada berapa banyak orang bernama Hassan di kawasan kita ini?" tambahnya lagi.

"Memang betul ada banyak orang bernama Hassan di sini. Tetapi tentang berita ini, aku rasa ada kebenaran sebab ramai teman-teman kita beritahu aku tentangnya," mengeluh Sulaiman.

"Aku rasa kau perlu buat sesuatu, San. Jika tidak, kau akan dimasukkan ke dalam lokap lagi." Sulaiman memberi amaran seolah-olah meminta sokongan daripada mereka.

Keadaan menjadi sepi seketika di ruang tamu rumah Hassan. Semua yang berada di dalam sedang sibuk memikirkan sesuatu. Kemudian terdengar suara Ahmad memecah kebuntuan.

"Begini, aku cadangkan kau pergi jauh ke Johor Bahru atau Kuala Lumpur buat masa ini. Tidak perlu melaporkan diri ke balai polis sekarang. Apabila orang lain atau polis bertanya kepada kita, kita jawab kau sudah pergi belayar. Apa kata kau, San?" Ahmad meminta penjelasan selepas membuat cadangannya.

"Aku setuju," kata Sulaiman dengan spontan.

"Dan aku akan temankan kau pergi ke sana," tambah Sulaiman lagi.

Hassan duduk sambil berfikir tentang cadangan teman-temannya. Walaupun hatinya berat untuk meninggalkan keluarganya, dia rasa cadangan itu adalah terbaik buat ketika ini. Dia tidak sanggup dikurung lagi di lokap polis. Keghairahan hidup akan tergugat apabila seseorang itu duduk lama dalam kurungan.

"Baiklah. Aku akan berangkat ke Johor Bahru besok pagi. Kita berjumpa di stesen keretapi Tanjung Pagar jam 9 pagi, Man." Hassan memberitahu teman-teman akan tindakannya.

"Eloklah begitu. Jangan lupa hantar kabar berita kepada aku nanti," kata Ahmad dengan berasa puas hati.

Pada waktu itu, hari hampir masuk senja. Ahmad dan Sulaiman pun meminta diri untuk pulang. Selepas mereka meninggalkan rumahnya, Hassan pergi memanggil adiknya, Hendon yang berada di dalam bilik.

"Besok abang akan tinggalkan rumah buat sementara waktu. Kau tolong beritahu abah dan adik-beradik kita." Hassan berkata dengan suara perlahan.

"Abang hendak pergi untuk berapa lama? Baharu duduk lama sikit di rumah sudah hendak keluar lagi," merungut adiknya meminta belas kasihan.

Hassan hanya berdiam diri.

"Jangan lupa kita di sini, bang," kata Hendon sebelum Hassan meninggalkan biliknya.

Pada keesokan hari, keadaan di stesen keretapi Tanjung Pagar riuh dan terdapat banyak orang yang hendak menaiki keretapi. Stesen ini dibina oleh pemerintah British pada awal abad ke 20 dengan menggunakan segala teknologi moden pada masa itu. Ia dibuka secara rasmi pada tahun 1932 dan bertujuan untuk menghubungkan kota Singa itu dengan lain-lain bandar besar di Semenanjung Tanah Melayu. Ia juga digunakan untuk membantu pergerakan manusia serta barang-barang dagangan. Setiap keretapi yang melintasi stesen ini akan bergerak meninggalkannya dengan penuh sarat. Ia melambangkan hubungan erat antara kedua-dua buah negeri di sebelah Selat Tebrau ini.

Seperti yang dijanjinya, Hassan sampai di stesen Tanjung Pagar jam 9 pagi. Dia hanya membawa sebuah beg berisi baju kemeja dan seluar. Setelah menunggu hampir sejam lamanya, Hassan mulai curiga dengan janji Sulaiman untuk pergi bersamanya ke Johor Bahru. Dia memberikan Sulaiman beberapa minit lagi sebelum dia pergi membeli tiket keretapi dan masuk ke dalam platform stesen itu.

Sementara itu, Sulaiman sedang bergegas meninggalkan bas yang dinaikinya ke stesen keretapi. Dia tidak membawa banyak pakaian bersamanya tetapi kelihatan segak dengan baju dan seluar panjang putih serta songkong hitam di kepala.

"Celaka punya bas. Jalan perlahan-lahan buat orang sampai lambat," mengeluh Sulaiman dihatinya.

Sejurus sahaja dia sampai di stesen keretapi itu, Sulaiman mencari-cari Hassan. Dia kemudian bergerak ke kaunter tiket yang penuh sesak dengan orang yang sedang beratur untuk membeli tiket.

"Aduh, macam mana ini. Batang hidung dia pun tidak nampak," kata Sulaiman pada diri sendiri.

Dia mendongak ke arah jam dinding di stesen itu dan terlihat jam sudah pukul 10.30 pagi. Dia sedar bahawa dia sudah terlambat dan Hassan mungkin telah menaiki keretapi ke Johor Bahru. Hatinya rasa kesal kerana telah memungkiri janji.

"Man, di sini!" terdengar suara Hassan memanggilnya. Ia datang dari arah belakang Sulaiman yang ketika itu sedang berdiri kehampaan dekat kaunter tiket.

Sulaiman menoleh ke belakang dan melihat Hassan memanggilnya dengan tangan kanannya melambaikan dua tiket. Hati Sulaiman berasa lega dan gembira. Dia tidak rasa bersalah kerana dia tidak menghampakan temannya.

Mereka pun memasuki ke platfom stesen dan menaiki gerabak keretapi yang hampir penuh dengan penumpang. Tidak lama kemudian, keretapi itu bergerak meninggalkan stesen dengan dua anak muda itu di dalamnya. Di sepanjang perjalanan, kedua-dua anak muda itu hanya memerhatikan pandangan di luar gerabak itu dengan fikiran mereka melayang jauh.

Sampai di Johor Bahru, kedua-dua anak muda ini tinggal di salah sebuah rumah tumpangan. Mereka menginap di situ sementara menunggu waktu yang sesuai untuk pulang ke Singapura. Setelah kehabisan wang untuk berbelanja, mereka membuat keputusan mendaftarkan diri sebagai *Special Constable* dengan Jabatan Polis Malaya. Selang beberapa hari kemudian, pemohonan mereka diterima dengan jaya dan mereka pun disuruh menghadirkan diri untuk latihan asas.

Tiga bulan kemudian, Hassan dan Sulaiman berjaya menamatkan latihan mereka lalu ditugaskan bekerja di Senai, Johor. Arahan ini diterima dengan gembira kerana mereka dapat bertugas di tempat yang sama. Kedua-duanya berjanji akan menjaga diri masing-masing kelak.

Pada masa itu, Malaya diletakkan dalam keadaan darurat oleh pemerintah British. Ini berikutan tindakan Parti Komunis Malaya yang dipimpin oleh Chin Peng telah mengistiharkan pemberontakkan bersenjata ke atas Malaya pada tahun 1948. Mereka ingin menjadikan Malaya sebuah negara komunis dan menghapuskan sistem beraja di negara ini. Pemberontakkan ini berlaku di beberapa kawasan di Malaya termasuk di negeri Johor. Untuk menumpaskan pemberontakkan ini, pihak British mengukuhkan pentadbirannya dengan mengenakan perintah berkurung di kawasan-kawasan pendalaman dan menghantar pasukan polisnya untuk mempertahan kepentingan peniaga-peniaga British.

"Kau jangka kita akan jumpa komunis nanti?" Hassan bertanya kepada Sulaiman ketika mereka mula beredar dari Johor Bahru ke tempat tugas baharu mereka di Senai bersama lain-lain konstabel.

"Mudah-mudahan tidak. Tetapi kalau ada, aku gigit mereka," jawab Sulaiman dengan berseloroh.

Perbualan mereka ini diikuti oleh lain-lain konstabel di dalam bas. Mereka turut ketawa mendengarkan jawapan Sulaiman tadi. Para konstabel tersebut berasal dari lain-lain kawasan seperti Lukman berasal dari Muar, Gani dari Melaka dan Rahman dari Kuala Lumpur. Masing-masing mempunyai tujuan tersendiri untuk menjadi pegawai polis. Mereka berumur dalam lingkungan 20an dan kebanyakkannya mempunyai pendidikan asas sahaja. Ada di antara mereka yang sudah pun berumah tangga.

Setelah sampai di Balai Polis Senai, para konstabel baharu ini diarahkan turun dari bas dan berbaris menantikan arahan selanjut dari koperal mereka iaitu Koperal Aziz. Kemudian, mereka dibawa ke bilik rihat masing-masing dan diarahkan supaya bersiap untuk melaporkan tugas esok pagi. Sulaiman diarahkan kongsi sebilik dengan Gani dan Rahman sementara Hassan kongsi sebilik dengan Lukman dan seorang konstabel lain. Mereka membersihkan bilik masing-masing sambil berbual mesra pada malam itu.

Di bilik Sulaiman, terdengar perbualan antara dia dengan teman baharunya, Rahman yang berasal dari Kuala Lumpur.

"Kenapa kau menjadi konstabel, Man?" bertanya Rahman.

"Aku datang ke JB bersama Hassan dan dia yang mengajak aku masuk menjadi konstabel bersamanya." Sulaiman menerangkan kepada Rahman.

"Aku pun tidak tahu kenapa Hassan ingin menjadi konstabel. Pernah aku tanyakan kepadanya lalu dia menjawab undang-undang dan peraturan itu perlu dalam hidup." Sulaiman menambah dengan nada selamba.

"Kau bagaimana pula?" tanya Sulaiman kepada Rahman yang sedang berbaring di atas katilnya.

"Abang aku dahulu seorang SC dan dia ditugaskan di Bentong. Tiga bulan lalu, kami sekeluarga mendapat berita bahawa dia terbunuh akibat serangan hendap komunis semasa rondaan. Kami semua berasa sedih akan kehilangannya. Abang aku seorang yang baik." Rahman jelaskan tentang kisah keluarganya.

"Jadi, aku masuk polis untuk menuntut dendam terhadap kematian abang aku. Aku hendak hapuskan anasir jahat ini dari muka bumi," sumpah Rahman di hadapan teman baharunya.

Hati Sulaiman pilu mendengar ucapan Rahman tadi. Inilah kali pertama di dalam hidupnya dia bertemu dengan seseorang yang kehilangan ahli keluarga atas perbuatan aniaya orang lain. Dia juga kagum dengan keazaman yang ditunjukkan oleh Rahman untuk mencapai tujuannya. Walaupun dia ingin bertanyakan lagi kepada Rahman tentang kematian abangnya, Sulaiman sedar hari sudah larut malam dan mereka perlu bangun pagi esok harinya. Lalu dia pun berdiam diri sambil berbaring di atas katil.

Pada keesokan hari pada jam 7.30 pagi, semua konstabel itu berbaris sementara menunggu kedatangan pegawai mereka, seorang Inggeris berpangkat inspektor. Apabila inspektor itu memulakan ucapan, Koperal Aziz menterjemahkannya ke dalam bahasa Melayu.

Hassan menjadi runsing apabila mendengarkan terjemahan yang dibuat oleh Koperal Aziz kepada arahan yang diberikan oleh inspektor itu. Dia memang berpengetahuan dalam bahasa Inggeris hasil dari pengajiannya di bangku sekolah. Dia mendapati terjemahan yang dibuat oleh Koperal Aziz itu tidak betul sama sekali. Lalu dia memberanikan diri dan membetulkannya ketika masih dalam perbarisan.

"Koperal, dia cakap lain. Dia suruh kita bertugas dengan bersungguh-sungguh tanpa mengira antara satu sama lain." Hassan jelaskan kepada Koperal Aziz.

Perkara ini berulang beberapa kali sedang inspektor mereka meneruskan ucapannya kepada para konstabel itu.

"Siapa nama awak, konstabel?" tanya Koperal Aziz kepada Hassan apabila dia menegur kali ketiga.

"SC Hassan, koperal." jawab Hassan pendek.

"Baiklah. Yang lain semua dengar dan ikut apa yang diterjemahkan oleh SC Hassan tadi. Faham?" Koperal Aziz mengarahkan anak-anak buahnya semasa dalam perbarisan itu.

Memerhatikan keadaan yang janggal ini, inspektor itu datang dekat kepada Hassan dan menarik kolar bajunya.

"*You understand English, don't you?*" Inspektor itu bertanya kepada Hassan dengan nada marah.

"*Yes, sir,*" jawab Hassan ringkas.

"*Good, then. You translate what I've said. And you, Corporal stop talking!*" kata inspektor itu sambil menggelengkan kepalanya ke arah Koperal Aziz.

Sejak dari hari itu, salah satu tugas Hassan adalah menterjemahkan segala arahan yang diberikan oleh pegawai mereka itu. Keupayaan dia bertutur dalam bahasa Inggeris membuat Hassan mendapat kepercayaan daripada ketuanya yang tidak berupaya bertutur dalam bahasa orang tempatan.

Pada suatu hari, ketika Hassan sedang bertugas di bahagian bilik operasi, dia ternampak inspektornya berdiri di luar tingkap. Pegawai Inggeris itu memerhatikan sesuatu di dalam pejabat mereka dan jari telunjuk kanannya diletakkan ke mulut seperti memberi isyarat kepada Hassan supaya diam. Kemudian, dia perlahan-lahan masuk ke dalam melalui tingkap tersebut dan menuju ke sebuah bilik. Tiba-tiba terdengar suara orang memberi arahan dengan marah.

"*Corporal, report to my office now!*" pekik inspektor tersebut.

Pada ketika itu, Koperal Aziz bersama tiga konstabel lain termasuk Sulaiman sedang berada di dalam bilik itu. Hassan pergi menjenguk ke dalam dan nampak beberapa daun kad terup di atas meja dengan Koperal Aziz dan lain-lain konstabel tadi berdiri mengelilingi meja itu. Hatinya merasa sesuatu yang tidak di duga telah berlaku.

Inspektor Inggeris itu bergegas keluar dari bilik tersebut. Sambil berjalan, dia menoleh ke arah Hassan dan memberi arahan selanjut kepadanya.

"From now on, you are an acting Corporal, understand? Now get back to your work," kata inspektor itu. Justeru itu, Hassan pun dinaikkan pangkat.

Beberapa bulan kemudian, pasukan mereka ditugaskan membuat rondaan ke salah satu estet getah di Senai. Seperti biasa, mereka pergi dengan menaiki kenderaan beramai-ramai. Ketika hendak menaiki kenderaan, Rahman terserempak dengan Hassan lalu meminta sebatang rokok untuk dihisap. Permintaan ini tidak dilayani oleh Hassan dengan alasan mereka sedang bertugas.

Sampai sahaja di kawasan yang telah ditetapkan, pasukan Sulaiman turun dari kenderaan dan membuat rondaan dengan berjalan kaki. Antara mereka yang turun bersamanya ialah Gani, Rahman dan tiga SC lain. Sementara itu, kenderaan ronda membawa Hassan dan lain-lain SC ke suatu tempat lebih kurang satu kilometer jauh dari pasukan Sulaiman.

"Kau agak berapa batu kita kena berjalan hari ini?" bertanya Gani kepada Sulaiman yang mendahului pasukan mereka.

"Aku rasa tiga batu seperti biasa." Rahman mencelah sambil menghala senjata, Rifle 303 ke arah hadapannya.

"Sy..., jangan banyak berbual! Nanti cuai kelak," kata Sulaiman mengingatkan teman-temannya.

"Aku rasa komunis tidak ada sembunyi di sini. Kita baharu ronda kawasan ini minggu lepas, bukan?" Rahman memberitahu teman-temannya.

Belum sempat soalannya dijawab, sebutir peluru menembus badan Rahman lalu dia pun rebah ke tanah. Ini diikuti dengan beberapa butir peluru menghujani pasukan ronda itu. Sulaiman terpegun melihat Rahman terbaring meronta-ronta kesakitan sehingga terlupa memberikan arahan selanjutnya kepada teman-temannya. Selain Rahman, Gani pun turut luka ditembak musuh tetapi lukanya tidaklah seteruk Rahman.

"Jangan bangun. Nanti terkena tembakan," kata Sulaiman kepada teman-temannya setelah dia sedar kembali.

"Sulaiman. Tolong aku, Man!" merayu Rahman kepada temannya supaya cepat merawati lukanya.

"Aku akan datang kepada kau, tunggu sekejap," kata Sulaiman sambil berharap agar hujan peluru itu berhenti seketika itu juga.

Malangnya, musuh masih menembak dengan tidak berhenti-henti. Hati Sulaiman menjadi risau apabila suara Rahman tiba-tiba tidak kedengaran lagi.

"Rahman. Kau sedar atau tidak? Jawab, Man!" Sulaiman memanggilkan temannya dengan penuh harapan.

"Rahman! Jawab aku, Man," sahut Sulaiman lagi.

Sesuatu buruk mencengkami buah fikiran Sulaiman. Hatinya menjadi sedih pilu memikirkan perkara itu. Sulaiman berdoa agar peristiwa buruk ini berakhir secepat mungkin dan teman-

temannya akan terselamat daripadanya. Dengan tidak diduga, musuh telah berhenti menembak ke arah mereka dan keadaan menjadi sunyi sepi.

"Aku harus pergi kepada Rahman sekarang ini sebelum terlambat," bisik Sulaiman pada dirinya sendiri.

Sulaiman berkisut menghala ke arah Rahman yang sedang terbaring di atas tanah. Apabila dia sampai kepadanya, dia mendapati temannya itu sudah tidak bernafas lagi. Peluru musuh telah menembusi dadanya lalu melukakan jantungnya. Perasaan belas kasihan terhadap nasib anak muda ini menyelubungi jiwa Sulaiman dan kekesalan mulai timbul di hati kerana gagal membantu temannya itu.

"Tidak!" pekikan kuat Sulaiman kerana kesedihan.

Tidak lama kemudian, kenderaan ronda mereka tiba di tempat kejadian itu. Hassan turun darinya dan ternampak Sulaiman sedang mendakapi sebatang tubuh manusia yang kaku. Dengan segera dia pun pergi kepada temannya itu lalu membantunya untuk pulang ke stesen mereka.

Beberapa hari selepas kejadian serangan hendap itu, Sulaiman masih dalam kemurungan. Dia sering duduk bersendirian dan tidak bertegur sapa. Hatinya sedih mengenangkan Rahman yang sudah tiada lagi itu dan menjadi mangsa kepada pergolakan politik. Dia menjadi bertambah sedih apabila teringatkan Rahman terbaring kesakitan dan tidak ada sesiapa datang menolongnya. Hassan sedar tentang temannya ini lalu pergi berjumpanya pada suatu petang di bilik rihatnya.

"Kau masih belum dapat lupakan perisitwa itu, Man?" bertanya Hassan dengan harapan Sulaiman akan berkongsi perasaannya.

"Ya," jawab Sulaiman tidak bermaya.

"Kau tidak akan lupakannya jika kau tidak berusaha." Hassan memberi pendapatnya.

"Maksud kau? Aku tidak cuba melupakan peristiwa itu," Sulaiman berkata dengan nada marah.

"Yalah, aku tengok kau asyik duduk seorang diri sahaja." Hassan menjawab sambil memberanikan dirinya. Dia tahu Sulaiman seorang yang panas baran dan cepat marah.

"Aku susah hendak melupakan peristiwa itu, San. Aku tidak dapat lupakan suara Rahman memanggil-manggil aku. Aku bingung, San!" Sulaiman meluahkan perasaan hatinya. Dia tahu nasihat Hassan itu memang betul tetapi dia tidak berdaya melakukan apa-apa untuk membetulkan keadaan dirinya.

"Aku cadangkan kau ambil cuti dan balik ke Singapura untuk sementara waktu ini." Hassan membuat cadangan setelah lama berfikir.

Sulaiman mendengar cadangan itu dengan terpegun.

"Ya. Mungkin itu yang sebaiknya untuk aku. Selagi aku berada di sini, aku rasa aku tidak dapat lupakan perisitwa berdarah itu dan juga suara sedih itu. Aku perlu pergi jauh dari sini," berbisik hati Sulaiman.

"Baiklah. Aku akan ambil cuti esok," kata Sulaiman memberitahu Hassan akan keputusannya.

"Sekiranya aku tidak pulang ke sini selepas itu, kau jangan cari aku, San." tambah Sulaiman lagi setelah menarik nafas panjang.

Kenyataannya yang terakhir itu membuat Hassan berasa hairan bercampur sedih.

"Apa maksud kau, Man?" bertanya Hassan.

"Aku rasa inilah yang terbaik untuk aku. Aku harus tinggalkan tempat ini," kata Sulaiman menerangkan hajatnya.

"Tunggu dahulu. Kau jangan terburu-buru tentang hal ini. Biar kita tinggalkan tempat ini dengan cara baik. Kita letak jawatan dan lepas itu baharulah kita balik ke Singapura." Hassan membuat cadangan dengan penuh harapan agar Sulaiman mengikutinya.

"Jangan, San. Kau berjaya di sini bukan seperti aku. Biarlah aku seorang sahaja yang pulang ke Singapura," jawab Sulaiman sambil memegang bahu temannya itu. Hassan hanya berdiam diri. Dia sememang berasa selesa di sini dan bangga dengan kejayaan yang telah dikecapinya.

Hari pun masuk waktu malam dan kedua anak muda itu duduk termenung jauh mengenangkan nasib masing-masing di rantau orang.

Sementara itu, perjuangan komunis di Singapura mengambil pendekatan yang berbeza dari perjuangannya di Malaya. Melalui persatuan-persatuan buruh, komunis menyebarkan pengaruhnya dan menggunakan pekerja-pekerja buruh untuk menentang pemerintah British. Banyak mogok dan bantahan kerja telah diadakan bagi melemahkan ekonomi Singapura. Kadangkala terjadi juga rusuhan akibat dari mogok-mogok seperti ini.

Pada tanggal 12 Mei 1955 jam 10 pagi, Ahmad sedang menaiki bas menuju ke Alexander dari rumahnya di Geylang. Dia hendak berjumpa dengan seorang temannya bernama Firdaus yang bekerja di sebuah firma guaman kepunyaan seorang Inggeris. Firdaus menyuruh Ahmad datang ke Alexander untuk membantu dalam urusan kerjanya.

Sejurus sahaja dia sampai ke tempat yang dijanjikan, Ahmad turun dari bas dan mencari Firdaus di stesen itu. Kemudian dia berjumpa Firdaus yang sudah lama menantinya.

"Aku sangka kau tidak akan datang. Penat aku menunggu di stesen bas itu," kata Firdaus sejurus sahaja Ahmad datang menjabat tangannya.

"Apa hal yang kau suruh aku datang ke mari?" Ahmad bertanya setelah mendengar ucapan Firdaus itu tadi.

"Bos aku beritahu nanti akan ada satu bantahan besar-besaran di sini. Kita disuruh menyaksikannya dan membuat laporan kepadanya." Firdaus jelaskan kepada Ahmad.

"Bantahan besar-besaran dan aku disuruh datang ke sini untuk buat laporan?" bisik Ahmad di dalam hatinya.

"Bagaimana bos kau tahu tentang bantahan ini?" bertanya Ahmad.

"Bos aku mewakili persatuan pekerja-pekerja bas syarikat Hock Lee. Dia diberitahu oleh mereka tentang bantahan ini. Tujuan mereka membuat bantahan adalah untuk meminta kenaikkan gaji yang berpatutan serta keadaan kerja yang lebih baik." Firdaus menerangkan kepada Ahmad.

"Nah. Tengok itu!" kata Firdaus sambil menuding jarinya ke arah sekumpulan manusia yang bergerak jalan dengan papan sepanduk dan kain rintang.

Ahmad yang ketika itu berada lebih kurang seratus meter dari kumpulan tersebut juga nampak ada beberapa penuntut berbangsa Cina yang mengikuti bantahan ini. Bilangan mereka yang terlibat dalam bantahan ini lebih kurang seribu orang. Sambil bergerak mereka juga melaung-laungkan kata-kata antipenjajah. Hati Ahmad menjadi cemas kerana inilah kali pertama dalam hidupnya dia berhadapan dengan kejadian sebegini.

"Apa akan terjadi selepas ini?" bisik Ahmad sendiri apabila dia melihat pasukan polis datang menghalang pergerakan para mogok itu.

"Ya Tuhanku," Ahmad berdoa ketika pergaduhan mulai terjadi antara para pemogok itu dengan pihak polis. Ramai yang cedera dan terbaring di atas jalan. Ada juga yang sempat lari bertempiaran tetapi dikejar oleh polis.

"Elok kita pergi dari sini, Mat." Kedengaran suara Firdaus yang menjadi ketakutan seperti temannya juga. Tanpa berlengah lagi, kedua mereka pun meninggalkan tempat itu. Ahmad berasa penuh syahdu ketika melihat para pemogok itu dipukul polis.

"Apa yang buat mereka begitu berani sekali menentang polis?" bertanya Ahmad kepada Firdaus sejurus sahaja mereka berada di tempat yang selamat.

"Mungkin mereka terpengaruh dengan semangat perjuangan komunis barangkali." Firdaus membuat tanggapannya.

"Maksud kau antipenjajah?" bertanya Ahmad meminta keterangan lanjut.

"Bukan sahaja antipenjajah," jawab Firdaus.

"Mereka ini menyokong perjuangan komunis untuk menjatuhkan pemerintah British di sini seperti juga perjuangan bersenjata komunis di Malaya," kata Firdaus sambil melihat muka Ahmad dengan kehairanan.

"Tapi aku rasa lain. Mungkin mereka ini tidak sedar bahwa mereka dipergunakan oleh komunis." Ahmad memberikan pendapatnya.

"Aku setuju. Ada di antara mereka yang memang mahukan gaji dan keadaan kerja yang lebih baik. Sebab itu guaman aku hendak membantu mereka." Firdaus bersetuju dengan temannya itu.

Ahmad menganggukkan kepalanya sedikit. Dahinya berkerut mengakibatkan matanya kelihatan sepet. Dia seperti seorang pensyarah yang sedang memikirkan satu buah fikiran baharu.

Akibat rusuhan berdarah Bas Hock Lee ini, empat orang terbunuh dan lebih dari tiga puluh orang cedera parah. Kejadian hitam dalam sejarah Singapura ini memberi alasan kepada pihak British untuk menafikan permintaan kemerdekaan Singapura yang diajukan oleh Ketua Menteri, David Marshall pada tahun 1956. Berikut kegagalannya ini, David Marshall mengambil keputusan untuk meletakkan jawatan yang kemudian digantikan oleh pemangku partinya, Lim Yew Hock.

Peristiwa berdarah ini membawa mudarat serta manfaat. Kehilangan nyawa di antara pemogok-pemogok itu telah memberi kesedaran kepada Ahmad akan peri pentingnya menghuraikan sesuatu hal dengan cara aman damai.

"Nyawa itu berharga. Ia tidak harus disia-siakan. Perjuangan berdarah atau yang menggunakan kekerasan bukan cara yang terbaik," fikir Ahmad sejurus sahaja dia meninggalkan tempat kejadian itu.

Bab Tiga

Petang itu di Bussorah Street, Ahmad sedang menantikan tunangnya, Zainab kerana mereka telah membuat janji hendak membeli juadah makanan untuk berbuka puasa di rumahnya. Terdapat ramai orang yang berada di pasar itu. Juadah makanan dan air yang dijual ada terdapat berbagai jenis dan rasa yang amat enak seperti kuih bakar, kuih bingka, talam ubi, air batu merah, cendol dan lain-lain lagi. Beginilah keadaannya pada setiap bulan puasa di kawasan Kampung Glam. Suasananya amat meriah lagi menyeronokkan.

Setelah hampir setengah jam Ahmad menunggu, akhirnya Zainab pun tiba ke tempat yang dijanjikan. Pasangan muda ini kemudian bersalaman dan bergerak perlahan ke gerai-gerai makanan sambil tersenyum simpul.

"Berapa orang di rumah nanti?" bertanya Ahmad kepada tunangnya.

"Cuma kita berempat sahaja," jawab Zainab ringkas.

"Mana yang lain?" bertanya Ahmad dengan curiga.

"Ayah keluar. Dia buka di masjid bersama abang Zul. Jadi, tinggal ibu dan nenek di rumah," jawab Zainab dengan manja.

"Kalau begitu, abang pun buka di masjid sahajalah," kata Ahmad sambil bergurau.

"Eh, merepeklah. Ibu masak nasi banyak, siapa hendak habiskan nanti?" Zainab menegur dengan matanya sekali.

Setelah habis mereka membeli makanan, kedua anak muda ini pun meninggalkan pasar Kampung Glam dan menuju ke rumah Zainab di Kaki Bukit. Dalam perjalanan itu, Ahmad sering membetulkan songkok di kepalanya.

"Kenapa, bang?" Zainab bertanya apabila memerhatikan kelakuan Ahmad tadi.

"Abang teringatkan kes-kes yang dibantu oleh guaman tadi." Ahmad mula berkongsi pengalamannya di tempat kerja. Dia kini bekerja di tempat yang sama dengan Firdaus atas cadangan temannya itu.

"Kes apa itu?" bertanya Zainab lagi.

"Kes pekerja-pekerja bas syarikat Hock Lee. Kasihan abang lihat keadaan kerja mereka. Kerjanya teruk tapi gajinya tidak seberapa." Ahmad menerangkan kepada Zainab.

"Baik-baik mengendalikan kes itu, bang. Nab ada dengar banyak di antara mereka ini orang komunis." Zainab berkongsi tentang pendapat orang Melayu mengenai kes itu.

"Abang tahu. Tetapi kita mesti tolong mereka yang benar-benar memerlukan bantuan. Mereka juga seperti orang kita yang berpendapatan kecil dan mempunyai keluarga untuk di tanggung. Hidup mereka susah, Nab." berhujah Ahmad seketika.

Sedang mereka asyik berbual, tiba-tiba bahu Ahmad ditepuk orang dari belakang. Dia terkejut lalu menoleh ke belakang untuk melihat siapa yang berbuat demikian kepadanya.

"Sulaiman! Bila kau balik?" tanya Ahmad dengan penuh gembira. Inilah kali pertama mereka bersua muka sejak Sulaiman meninggalkan Singapura bersama Hassan lebih kurang lima tahun yang lalu.

"Aku sudah lama balik ke Singapura. Tetapi aku sekarang menetap di Kampung Wak Hassan di Sembawang," jawab Sulaiman menerangkan keadaan.

"Nah, biar aku kenalkan isteri aku kepada kau. Mariani namanya." Sulaiman menghalakan pandangan ke arah seorang perempuan yang hamil di sisinya. Mariani tersenyum sambil bersalaman dengan Zainab yang mengenalkan dirinya sendiri.

"Wah. Kau sudah berkahwin. Sejak bila? Kenapa tidak menjemput aku?" bertanya Ahmad yang juga perhatikan ada terdapat beberapa lelaki lain bersama Sulaiman.

"Mana Hassan sekarang?" tambah Ahmad bertanyakan tentang Hassan, teman lama mereka.

"Dia masih di Senai dan dalam keadaan baik sekarang. Aku tidak ajak dia pulang sebab aku rasa dia amat selesa di sana, tidak seperti aku. Aku terpaksa pulang." Sulaiman mengakhiri ucapannya dengan nada perlahan.

Ahmad sedar dari ucapan itu terdapat kegersangan dalam diri Sulaiman, teman lamanya sejak dari kecil.

"Rezeki kita tidak siapa tahu." Ahmad beritahu kepada temannya.

"Kamu berdua hendak buka puasa di mana?" bertanya Ahmad kepada Sulaiman.

"Kami hendak pergi buka puasa di Kampung Glam. Ini hari pertama kami berbuka di luar rumah. Kamu bagaimana?" Sulaiman menjawab sambil tersenyum lebar seolah-olah mengajak Ahmad dan Zainab ikut bersamanya.

"Aku hendak berbuka bersama keluarga Zainab di rumahnya. Mereka sudah masak banyak hari ini. Lain kali sahajalah." Ahmad menolak pelawaan Sulaiman.

"Baiklah. Lain kali." Sulaiman berkata sambil berseloroh.

Kedua pasangan itu pun berpisah dan menuju ke tempat tujuan masing-masing. Hati mereka penuh girang setelah berjumpa walaupun hanya untuk seketika. Perjumpaan yang singkat itu tidak didugakan akan memberi kesan yang mendalam kepada diri mereka pada hari kemudiannya.

Pada tanggal 31 Ogos 1957, Malaya mencapai kemerdekaan dari penjajah British. Justeru itu, arus semangat nasionalisme turut berleluasa di Singapura. Kebanyakkan orang termasuk masyarakat Melayu inginkan Singapura turut diberikan kemerdekaan dan mereka merasa hampa dengan tindakan penjajah itu. Ahmad mengikuti perkembangan ini melalui rakan-rakan sekerja diguamannya.

"Aku bangga dengan pencapaian orang Melayu di Malaya." Ahmad berkata kepada Firdaus.

"Mereka bangun menentang British kerana Malayan Union, selepas itu menuntut kemerdekaan sekali. Kalau tidak kerana usaha Dato' Onn Jaffar, mereka masih lagi terbelenggu di bawah pemerintahan British," sambut Firdaus sehabis sahaja Ahmad bercakap tadi.

"Memang betul. British tidak akan mahu melepaskan Malaya kalau tidak dipaksa. Kau tengoklah dengan keadaan kita di Singapura sekarang ini," kata Ahmad dengan nada hampa.

"British bermain politik dengan maruah kita," kata Firdaus meluahkan perasaan hatinya terhadap keengganan British memberi Singapura kemerdekaan bersama Malaya.

"Tidakkah mereka tahu hubungan erat antara kita dengan Malaya? Hubungan yang bukan sahaja melibatkan keluarga dan sahabat handai, bahkan dalam bidang perniagaan juga." Firdaus meneruskan pandangannya.

"Jadi. Apa kau rasa kita perlu lakukan?" bertanya Ahmad kebingungan.

"Menentang British seperti komunis, pemberontakan senjata dan menggadai nyawa? Aku tidak setuju," ujar Ahmad lagi.

"Bukanlah begitu. Tetapi dengan cara yang lebih bijak. Cara yang boleh diterima oleh British seperti yang dilakukan oleh parti *People's Action Party* (PAP)," jawab Firdaus menerangkan kenyataannya tadi.

"Maksud kau parti yang berbaur komunis itu?" bertanya Ahmad dengan sinis.

"Mereka itu memperjuangkan hak pekerja. Sudah tentulah mereka menerima sokongan dari mereka yang berkefahaman komunis. Tetapi kau tengoklah nanti. British akan mengajak mereka ke meja rundingan," kata Firdaus dengan penuh keyakinan.

"Jadi, kau cadangkan kita beri sokongan kepada mereka?" Ahmad meminta penjelasan lagi.

"Kalau itu yang perlu dilakukan, mengapa tidak?" jawab Firdaus ringkas.

Ahmad hanya menggaru dagunya apabila mendengarkan kata-kata temannya itu. Dia tahu bahawa ramai orang Melayu memang curiga dengan parti PAP yang dilihat sebagai parti kaum Cina dan berbaur komunis. Dia kemudian teringatkan perbualannya dengan Zainab tempoh hari lalu tentang hal ini.

"Betulkah, bang? Bolehkah kita percayai Lee Kuan Yew ni?" Zainab bertanya selepas membaca berita tentang ketua parti baharu itu di dalam Utusan Melayu pada suatu malam.

"Menurut surat khabar, parti PAP pimpinannya berkefahaman komunis," tambah Zainab yang kini bekerja sebagai guru di salah sebuah sekolah awam.

"Dia seorang peguam yang menerima pendidikannya di United Kingdom. Dia mempunyai teman-teman rapat yang juga berpelajaran Inggeris. Mereka memperjuangkan fahaman sosialis demokrat yang berlandaskan sistem demokrasi. Ini semua bertentangan dengan fahaman komunis." Ahmad menerangkan tentang apa yang dia tahu mengenai parti PAP.

"Tetapi itu semua tidak semestinya membuat kita harus beri kepercayaan kepadanya?" Zainab bertanya lagi.

"Entahlah. Tetapi, kata datuk saya, kita harus bijak memilih teman dalam hidup. Walaupun Lee bukan orang Melayu, kenapa kita tidak mahu berteman dengannya?" tanya Ahmad membetulkan persepsi Zainab.

Zainab hanya berdiam diri sambil memikirkan ucapan Ahmad tadi. Dia merasa bersalah kerana tidak memahami dengan lebih lanjut tentang perjuangan PAP.

Seperti yang didugakan, British memulakan rundingan dengan ketua-ketua parti politik di Singapura selepas Malaya mendapat kemerdekaan. Lee Kuan Yew bersama dengan David Marshall diundang bersama dalam rundingan ini di London. Hasilnya, British bersetuju mengadakan satu pilihan raya umum dan memberikan 'pemerintah sendiri' kepada Singapura dengan diterajui oleh parti yang menang nanti.

Beberapa bulan selepas itu, Yusok Ishak yang bertugas sebagai Ketua Editor di Utusan Melayu telah dilantik menjadi Yang DiPertuan Negara Singapura. Perlantikan ini dibuat sebagai persiapan Singapura untuk memerintah sendiri. Begitu juga dengan lagu 'Majulah Singapura' yang telah digubah oleh penulis Zubir Said dalam Bahasa Melayu telah diambil menjadi lagu kebangsaan Singapura. Sekaligus, ini semua membuat orang Melayu berasa lega dan yakin terhadap masa depan mereka.

"Nampaknya, British ingin menghambat hati kita." Ahmad berkata ketika duduk bersama Pak Agus di ruang makan rumah mereka.

"Mungkin udang di sebalik batu," jawab Pak Agus yang sudah masak dengan cara pemerintahan British.

"Mungkin juga. Tetapi kenapa?" sambut Ahmad.

"Mereka takut kalau komunis akan menguasai Singapura kelak. Jika ini terjadi, mereka yang rugi." Pak Agus mengongsi pendapatnya.

Ahmad teringat akan keadaan pada ketika itu di mana pihak komunis telah banyak mempengaruhi persatuan-persatuan Cina di Singapura. Dia kemudian mengangguk kepalanya perlahan-lahan seolah-olah bersetuju dengan pendapat Pak Agus.

Sementara itu, Hassan telah berhenti kerja dengan Polis Malaya sejurus sebelum negara itu mendapat kemerdekaannya dan kini dia sedang memulakan kerja baharunya dengan *Singapore Infantry Regiment* yang ditubuhkan oleh British pada Mac 1957.

"Aku berasa patut meninggalkannya selepas Malaya merdeka." Hassan beritahu teman baharunya, Osman, ketika mereka sama-sama melaporkan diri di kem askar di Holland Road.

"Lagipun, aku telah lama menetap di Senai. Rindu pada teman-teman dan keluarga aku di Singapura semakin dalam," tambah Hassan lagi.

"Kalaulah aku jadi kau, tidak aku tinggalkan kerja aku." Osman menyuarakan pendapatnya.

"Lagipun, kau sudah memegang pangkat sarjan ketika itu," kata Osman seperti tidak percaya dengan tindakan teman baharunya itu. Dia kemudian tersenyum sedikit apabila teringat persamaan antara nama temannya dengan tajuk filem 'Sarjan Hassan' yang telah dilakonkan oleh pelakon terkenal Melayu, P Ramlee.

Hassan mendengar ucapan Osman tadi dengan tenang. Hatinya tetap berpuas hati dengan keputusannya untuk pulang ke Singapura dan memulakan kerjaya baharu di sini.

"Rezeki kita sudah ditetapkan Tuhan," berbisik Hassan kepada diri sendiri.

Tidak lama selepas itu, Hassan diarahkan pergi melaporkan diri ke pejabat Adjutant. Hatinya menjadi risau kerana arahan itu diberikan tanpa sebarang sebab. Dia takut kalau permohonannya ditolak dan dia terpaksa mencari pekerjaan lain. Dia telah pulang ke Singapura bersama dengan keluarga kecilnya yang terdiri dari isteri serta empat orang anak, dan mereka tidak mempunyai banyak wang simpanan untuk menanggung keperluan mereka.

Dengan hati berat, Hassan mengorak langkah ke pejabat Adjutant. Setelah memberikan tabik hormat, dia pun masuk ke dalam dan menunggu keterangan dari ketuanya.

"*According to our records, you were working as a Police Officer before you joined us. Is that right?*" kata pegawai berbangsa Inggeris kepada Hassan.

"*Yes, sir,*" jawab Hassan pendek.

"*And you leave the police force because of...?*" bertanya pegawai Inggeris itu seperti mahu menyelidik lebih dalam lagi latar belakang Hassan.

"*I feel it's time to return home with my family,*" jawab Hassan menerangkan kedudukan perkara yang sebenar.

"Hmm..." terdengar keluhan pegawai itu.

"*If that's the case, why don't you join us as a Military Police. We need men like you over here. And you may get housing allowance for your family when you join us,*" jelas pegawai Inggeris itu.

"*I will give you one day to think it over. You may leave now,*" kata pegawai itu dengan harapan agar tawarannya diterima.

Hassan memberi tabik hormat lalu beredar keluar dari pejabat itu. Sejurus kemudian, dia pun berpatah balik dan meminta izin untuk bercakap.

"*I accept your offer, sir,*" beritahu Hassan kepada ketuanya.

"*Good! You will report to the Guard House tomorrow morning,*" jawab pegawai tersebut gembira sambil memberikan arahan terbaharu kepada Hassan.

"*Thank you, sir.*" Hassan berkata sebelum keluar dari pejabat.

Sampai sahaja di bilik tidurnya, Hassan pun memberitahu Osman tentang peristiwa di pejabat Adjutant tadi dan persetujuannya untuk menerima tugas baharunya.

"Hati aku lega apabila Adjutant membuat tawaran itu, Man." kata Hassan kepada Osman.

"Sungguh tidak diduga, San. Baik betul nasib kau," jawab Osman dengan penuh bangga terhadap teman baharunya. Kedua mereka kemudian ketawa kegirangan.

Sejurus selepas itu, Osman terus berkongsi pendapatnya akan pemerintahan British di Singapura.

"British nampaknya semakin rajin menghambat hati orang kita." Osman berkata sambil menunjukkan potongan berita tentang rancangan British hendak memberi Singapura pemerintahan sendiri.

"Mereka takut benar kalau komunis memerintah Singapura nanti. Di Malaya, komunis sedang memberontak. Di sini, komunis membuat kacau melalui kesatuan-kesatuan pekerja dan lain-lain persatuan Cina," tambah Osman lagi.

"Mereka sudah buat kiraan yakni lebih baik beri kita pemerintahan sendiri daripada kuasa diambil oleh komunis," terang Hassan akan pendapatnya.

"Seperti kes kau tadi. British percaya dengan kau dari komunis," sambut Osman sambil berseloroh.

"Rezeki kita sudah ditentukan Tuhan," berbisik Hassan kepada dirinya kembali.

Bab Empat

Seperti yang dijanjikannya sebelum ini, British mengadakan satu pilihan raya umum bagi 'pemerintahan sendiri' di Singapura pada bulan Mei 1959. Sebelum pilihan raya umum ini diadakan, pemerintah British melakukan penangkapan terhadap beberapa tokoh politik termasuk ahli-ahli parti PAP. Mereka ini semua disyaki terlibat dalam pergerakan subversif menentang British yang didokongi oleh Parti Komunis Malaya. Penangkapan ini tersebar luas dalam surat khabar-surat khabar tempatan dan menguatkan lagi kecurigaan orang ramai terhadap parti PAP. Dalam pilihan raya bandaran itu, PAP hanya menang tipis setelah mengalahkan parti pemerintah pimpinan Lim Yew Hock. Dengan kemenangan ini, PAP diberi mandat untuk memerintah sendiri seperti yang telah dijanjikan oleh British dahulu.

Salah satu cabaran yang dihadapi oleh pemerintah baharu itu ialah masalah jenayah yang berleluasa. Ia mengancam kestabilan sosial serta pengembangan ekonomi di pulau ini. Kebanyakan jenayah ini pula melibatkan kumpulan-kumpulan samseng yang mempunyai kaitan dengan kumpulan-kumpulan haram seperti Sar Jit Kuo, Pak Hai Tong, Sio Kun Tong, Black Tiger dan lain-lain lagi. Pasukan polis telah diarahkan supaya membanteras pembiakan jenayah dengan menangkap mereka yang dipercayai terlibat dengan kumpulan-kumpulan samseng itu dan menahan mereka di bawah *Section 55, Penal Code.*

"Bang Man, apa harus aku buat sekarang?" bertanya seorang anak muda bernama Rustam kepada Sulaiman ketika mereka berjumpa di rumahnya.

"Tidak usah risau. Nanti abang akan turun jumpa mereka bersama kau." Sulaiman menenangkan hati teman mudanya itu. Dia memang ambil berat dan menghargai persahabatannya dengan semua temannya. Disebabkan ini, mereka membalas budi dan jasa Sulaiman terhadap mereka dengan memberi kesetiaan kepadanya.

Rustam telah diugut oleh satu kumpulan samseng di Tiong Bahru kerana terlibat dalam satu pergaduhan dengan salah seorang ahli mereka semalam. Ini berlaku ketika dia baharu habis menonton wayang di Capitol bersama temanitanya dan mereka telah diganggu oleh ahli samseng itu. Apabila dicabar, Rustam pun bergaduh dengannya lalu membelasahinya. Pergaduhan itu terhenti apabila polis dipanggil oleh orang ramai. Tidak puas hati dengan kesudahan itu, ahli samseng tersebut menyuruh Rustam turun lagi pada keesokan petang bagi menyelesaikan perselisihan mereka.

"Jadi, abang hendak tolong Rustam selesaikan masalahnya?" Mariani bertanya sejurus sahaja dia diberitahu oleh Sulaiman tentang rancangannya esok hari.

"Abang kasihankan dia. Rustam tidak ada sesiapa lagi hendak minta tolong." Sulaiman menjelaskan tentang tujuan dia membantu temannya.

"Bukankah ada polis? Suruh sahaja dia pergi buat laporan." Mariani menggesa suaminya. Dia mulai risau kalau terjadi perkara yang buruk kepada Sulaiman kelak.

"Apa polis boleh buat? Mereka sendiri ada banyak kes-kes lain hendak dikendalikan sekarang ini. Ada kes bunuh, kes culik, kes rompak yang mana kesemuanya berat-berat belaka. Ani boleh baca kes-kes ini dalam surat khabar. Manakan mereka hendak tumpu kepada Rustam yang setakat ini hanya menerima ancaman sahaja?" kata Sulaiman menerangkan keadaan sebenarnya.

Mariani hanya mendengarkan sahaja ucapan suaminya. Di dalam hatinya, dia berdoa agar Sulaiman tidak ditimpa kesusahan kelak.

Pada esok petang, Rustam pergi ke tempat yang dijanjikan bersama dengan Sulaiman dan beberapa teman mereka dari Kampung Wak Hassan. Sampai di sana, mereka duduk menanti di satu kedai makan berdekatan. Perbuatan mereka ini diperhatikan oleh orang-orang lain yang berada di kedai tersebut. Ramai menjadi curiga lalu meninggalkan kedai tersebut.

"Bang Man, mereka sudah sampai," kata Rustam kepada Sulaiman apabila melihat orang yang dicamnya datang bersama sekumpulan orang lain.

"Biar aku sahaja bercakap. Kamu semua diam." Sulaiman beritahu teman-temannya yang mengangguk kepala tanda bersetuju.

Seorang lelaki Cina bergerak ke hadapan dari kumpulannya dan datang ke arah Sulaiman yang bangun dari kerusi. Lelaki ini mempunyai *tatoo* di kedua belah tangannya dan beberapa parut luka lama di mukanya. Dia berhenti dan bersemuka dengan Sulaiman yang kelihatan lebih tinggi darinya.

"*Lu kawan dia? Lu bilang dia minta sori sama wa,*" kata lelaki Cina tersebut dengan suara garau. Dia bercakap sambil merenung ke mata Sulaiman seolah-olah tidak gentar dengan lawannya.

"Buat apa sori? Dia tak salah sama lu," jawab Sulaiman mencabar lelaki tersebut.

"Dia pukul wa punya kawan. Ini rumah wa!" kata lelaki tersebut sambil meninggikan suaranya.

Sulaiman memandang ke bawah sambil memikirkan sesuatu. Kemudian dia mendunggakkan kepalanya dan memandang lelaki itu dari sudut matanya.

"Dia bilang lu punya kawan kacau dia dulu. Dia sama-sama jantan. Dia gaduhlah!" kata Sulaiman mempertahankan tindakan Rustam semalam.

"Ok. Lu tak mau sori, wa pecah botol," jawab lelaki itu seperti memberikan kata putusnya kepada Sulaiman.

"Lu suka.   Lu punya rumah," beritahu Sulaiman membalas cabaran lelaki itu.

Keadaan menjadi gentir apabila kedua lelaki itu diam sejenak. Pada masa itu juga orang-orang yang masih berada di dalam kedai makan itu mulai keluar dengan pantas melainkan Sulaiman dan teman-temannya. Tiba-tiba, lelaki Cina itu memberi tumbukan ke muka Sulaiman dan diikuti oleh tendangan ke dadanya. Sulaiman mundur ke belakang dan cuba berpaut pada sebuah kerusi supaya tidak jatuh ke lantai. Belum sempat dia berkata apa-apa, teman-temannya datang menyerang lelaki Cina tersebut. Maka terjadilah satu pergaduhan di kedai makan di sebelah Pawagam Capitol.

Beberapa minit kemudian, kereta-kereta ronda polis pun datang ke tempat pergaduhan itu. Pegawai-pegawai polis keluar dari kereta dan menangkap kesemua orang yang terlibat dalam pergaduhan itu. Tangan Sulaiman digari lalu dia dimasukkan ke dalam kereta polis. Begitu juga dengan teman-temannya yang lain termasuk Rustam. Mereka dibawa ke Balai Polis Beach Road dan bermalam di dalam lokap.

"Bang Man, aku minta maaf. Kerana aku kamu semua masuk lokap," kata Rustam kepada Sulaiman dan lain-lain di dalam lokap setelah habis disiasat polis. Sulaiman hanya berdiam diri sahaja. Fikirannya kosong pada saat itu.

Malam di dalam lokap itu menjadi sunyi apabila lampu dimatikan dan kesemua tahanan mulai berbaring dan menyesuaikan diri untuk tidur di atas lantai. Angin panas lagi kering mengisi ruang lokap itu.

Setelah lebih dua puluh empat jam di dalam lokap, Sulaiman dibawa berjumpa dengan seorang inspektor CID berbangsa Cina di dalam pejabatnya. Hatinya berasa lega dan pasti dia akan dibebaskan tidak beberapa lama lagi.

"Kamu tahu apa kesalahan kamu?" tanya inspektor itu kepada Sulaiman apabila dia masuk ke pejabatnya.

"Ya." Jawab Sulaiman pendek.

"Kamu, apa geng? Siapa Ah Kong?" bertanya inspektor itu lagi.

Hati Sulaiman mulai curiga bertambah risau apabila mendengarkan soalan-soalan tersebut. Dia tidak menduga akan di soal sedemikian.

"Apa maksud Tuan Inspektor?" tanya Sulaiman meminta penjelasan.

"*Come on. You know what I mean?*" jawab inspektor itu dengan berseloroh.

"Betul. Saya tidak faham." Sulaiman menjelaskan keadaan dirinya. Dia seakan tidak percaya dengan tindakan inspektor itu mengambil kesimpulan yang mudah bahwa dia telah terlibat dalam kegiatan kumpulan samseng.

"Tadi kamu ada mengaku bergaduh dengan geng lain, betul atau tidak? Sekarang, kamu cakap tidak faham dengan maksud soalan saya," jelas inspektor itu dengan senyuman sinis. Dia memerhatikan sahaja wajah Sulaiman yang merenung kembali kepadanya.

"Lagi sekali, apa geng kamu? Siapa Ah Kong kamu?" tanya inspektor itu mengulangi soalannya tadi.

Sulaiman tidak menjawab. Dia hanya mengelengkan kepala seperti orang dalam kebinggungan. Tidak lama kemudian, inspektor itu memecahkan kebuntuan.

"Baiklah. Kita jangan buang masa. Kalau tidak mahu jawab, tidak mengapa. Kes kamu akan dibawa ke mahkamah besok dan kita dakwa ikut *Section 55*, faham?" Inspektor itu menerangkan tindakkan selanjutnya kepada Sulaiman.

Di sepanjang perjalanan balik ke lokap, Sulaiman melangkah kakinya dengan perlahan sekali. Hatinya remuk dengan berita yang telah disampaikan tadi.

"Macam mana aku boleh kena *charge* sedangkan aku yang kena pukul?' tanya Sulaiman di hatinya.

"Kenapa aku dituduh terlibat dengan kumpulan haram sedangkan aku tidak mengikut mana-mana kumpulan?"

"Adakah teman-teman aku mengatakan sebaliknya kepada polis? Mereka mengaku bahawa aku ada terlibat dengan kumpulan haram? Aku harap ia tidak begitu,"kata Sulaiman sambil masuk ke dalam lokap.

Dia memandang ke wajah setiap orang yang berada di dalam lokap itu termasuk Rustam. Hatinya yakin bahawa tidak ada di antara mereka ini yang telah menganiayakan dirinya.

Fikiran Sulaiman kemudian melayang kepada isterinya, Mariani dan anaknya yang sudah berusia tiga tahun. Hatinya menjadi sayu apabila mengenangkan nasib mereka akibat perbuatannya tempoh hari.

"Maafkan aku, sayang," kata Sulaiman perlahan.

Pada keesokan pagi, Sulaiman dan teman-temannya dibawa ke mahkamah untuk mendengar kes terhadap mereka. Mereka bergerak dengan tangan digari di belakang dan berjalan dalam satu barisan. Sampai sahaja di dalam mahkamah, mereka diarahkan duduk di atas bangku khas. Di sini, Sulaiman perhatikan segala pergerakan yang berlaku di mahkamah tersebut. Ruang dalam mahkamah itu luas dan dipenuhi dengan bangku kerusi panjang. Ada beberapa buah meja panjang yang terletak bertentangan dengan satu platform di mana hakim duduk dan mengendalikan kes-kes. Pandangan Sulaiman kemudian beralih kepada seorang perempuan yang sedang duduk di satu sudut dalam mahkamah tersebut.

"Ya Tuhan. Itu isteriku, Mariani," mengeluh Sulaiman dihatinya.

"Mungkin dia tahu aku akan berada di sini kerana polis memberitahunya. Tidak usah risau, sayang. Abang akan pulang selepas ini," bisik Sulaiman seolah-olah dapat didengari oleh isterinya itu.

Ketika itu, Mariani hanya duduk seorang diri. Tangannya memegang sehelai sapu tangan yang bersimpul dan matanya kelihatan sembab seperti orang yang sering dalam tangisan. Dia tidak menghalakan pandangannya ke lain-lain tempat melainkan di mana hakim sedang duduk.

Apabila kes Sulaiman dipanggil untuk dibicarakan, dia diarah berdiri menghadap hakim itu. Kemudian seorang kerani membacakan tuduhan terhadapnya dalam bahasa Inggeris.

"Ya." Sulaiman pun menjawab apabila di tanya sama ada dia faham akan tuduhan tersebut.

Selepas itu, seorang inspektor polis yang ditugaskan sebagai pendakwa kes ini bangun dari tempat duduknya dan mula membuat hujahnya kepada hakim.

"Tuan Hakim, kes terhadap tertuduh melibatkan beberapa kesalahan di bawah akta undang-undang kita. Tertuduh terlibat dalam kes pergaduhan, kes melakukan cedera parah, kes merosakkan harta benda, dan kes mengancam keamanan." Pegawai itu berkata dengan nada tenang dan jelas.

"Tuan Hakim, mengikut statistik polis, kes-kes seperti ini sedang berlaku dengan berleluasa sekarang dan mereka ada berkaitan dengan kumpulan-kumpulan samseng. Dari apa yang kita sudah ketahui, kumpulan-kumpulan samseng ini pula ada mempunyai hubungan rapat dengan kumpulan-kumpulan haram di negeri kita." Berhenti seketika pegawai itu sambil menarik nafas yang panjang.

"Tuan Hakim, apabila tertuduh disoal oleh pegawai CID ketika dalam tahanan, beliau tidak menunjukkan sebarang tanda penyesalan akibat perbuatannya. Malahan beliau langsung tidak bekerjasama dengan pihak polis untuk memberikan nama kumpulan serta ketuanya. Kelakuan tertuduh ini sungguh tidak bertanggungjawab. Ini amat mendukacitakan." Pegawai tersebut menjelaskan kepada mereka yang hadir.

"Tuan Hakim, selagi tertuduh dan kesemua yang bersangkut paut dengan beliau masih bebas di luar, orang awam akan berasa terancam dan tidak selamat." Pegawai itu menjeling ke arah Sulaiman lalu meneruskan hujahnya.

"Tuan Hakim, disebabkan atas perkara-perkara tersebut tadi, pihak polis mencadangkan agar tertuduh diberikan arahan penahanan di bawah *Section 55, Penal Code*," kata pegawai tersebut dengan memandang ke arah hakim seolah-olah ingin melihat reaksinya terhadap cadangannya tadi.

Setelah mendengar hujah-hujah dari pegawai pendakwa, hakim pun memberi isyarat tentang keputusannya. Dia memberitahu bahawa dia setuju dengan cadangan pihak pendakwa dan akan mengeluarkan surat arahan menahan Sulaiman. Akibatnya, Sulaiman dikenakan tahanan tanpa bicara selama lima tahun di bawah *Section 55*.

"Tuan Hakim, saya ada keluarga di luar. Tolonglah saya!" kata Sulaiman meminta agar hukumannya ditarik balik. Malang baginya, permintaan itu tidak dilayani.

"Saya tidak terlibat dengan mana-mana kumpulan haram, Tuan Hakim." Rayuan Sulaiman terdengar kuat apabila dia dibawa keluar dari tempat duduknya. Tangan yang sedang digari di belakangnya meronta-ronta dengan kuat.

Pada masa yang sama, Mariani duduk diam terpaku mendengarkan keputusan yang dibuat oleh hakim. Hatinya menjadi remuk dengan kesudahan perbicaraan itu.

Kemudian Mariani menangis dan memandang ke arah suaminya. Dia seolah-olah meminta Sulaiman datang kepadanya dan menenangkan dirinya yang sedang ketakutan itu.

"Abang! Abang!" laungan perlahan dari Mariani.

"Ani takut, bang!" tambah Mariani lagi.

"Macam mana dengan Ani dan Milah, bang?" tanya Mariani seolah-olah berdepan dengan Sulaiman.

Sulaiman kemudian dibawa keluar dari mahkamah tersebut lalu dihantar ke lokap sebelum berangkat ke tempat tahanannya.

"Ya Tuhan. Kenapa ini terjadi kepada aku? Bagaimana dengan keluargaku?" Sulaiman meratap ketika berada di dalam lokap.

"Kasihan isteriku. Tidak sempat kita hendak bertegur sapa," katanya lagi. Penyesalan mulai terasa di benak Sulaiman.

Seorang pegawai polis kemudian datang kepada Sulaiman dan memberikan arahan supaya dia bersiap sedia untuk berangkat dari lokap tersebut.

"Encik, ke mana saya akan dibawa pergi?" tanya Sulaiman kepada pegawai tersebut.

"Ke mana lagi kalau bukan Pulau Senang," jawab pagawai itu dengan spontan.

Fikiran Sulaiman menjadi bercelaru mendengarkan jawapan pegawai polis itu. Dia tidak sangka dengan kesudahan dari tindakan dia mempertahankan nasib temannya tempoh hari. Kini, dia akan dibawa ke suatu tempat yang jauh dari keluarganya.

Bab Lima

Tahun 1960an bermula dengan British berura-ura untuk menubuhkan sebuah persekutuan baharu di Asia Tenggara yang dipanggil Persekutuan Malaysia. Tujuan asal mereka menubuhkannya adalah untuk membendung pengaruh komunisme di dunia sebelah sini. Selain Malaya, ia akan terdiri daripada negeri-negeri di bawah pentadbiran British ketika itu seperti Sabah, Sarawak, Brunei dan Singapura. Cadangan ini mendapat sokongan dari pihak Malaya yang dipimpin oleh Perdana Menteri, Tunku Abdul Rahman Al-Haj.

Di Singapura pula, cadangan British ini mendapat sokongan dari berbagai pihak termasuk pemerintah PAP yang diketuai oleh Lee Kuan Yew. Apabila berita tentang sokongan PAP terhadap penubuhan Malaysia ini tersebar luas, ramai orang Melayu berasa puas hati dan gembira dengannya. Di sebalik itu, ada juga pihak yang menentang kemasukan Singapura ke dalam pertubuhan baharu ini. Mereka terdiri dari ahli-ahli parti Barisan Sosialis dan kesatuan-kesatuan pekerja yang pro-komunis. Beberapa rundingan telah diadakan antara kedua-dua pihak yang menyokong dan yang menentang kemasukan Singapura ke dalam Malaysia. Hasilnya ialah satu pungutan suara yang akan diadakan pada tanggal 1 Sep 1962.

"Tidak sangka aku, kita akan bersatu semula dengan Malaya," kata Ahmad apabila bertemu Firdaus di tempat makan dekat Market Street. Memang inilah kegiatan harian mereka sebelum mereka pulang dari bekerja.

"Betul itu. Aku pun tidak sangka Encik Lee berani memanggil pungutan suara ini sedangkan terdapat banyak pihak yang menentangnya," jawab Firdaus berkongsi pendapat dengan temannya.

"Kau ada dengar berita tentang Barisan menyuruh penyokongnya jangan turun mengundi dalam pungutan suara itu?" bertanya Firdaus kepada Ahmad.

"Ada juga. Tapi aku rasa itu perbuatan sia-sia sahaja kerana kebanyakan orang tidak kira Melayu atau Cina akan mengambil bahagian nanti." Ahmad memberikan pendapatnya.

"Aku faham maksud kau," kata Firdaus sambil mengangguk kepalanya beberapa kali. Kemudian dia menambah kenyataan tadi.

"Ramai orang di sini mempunyai kaum keluarga mereka di Semenanjung. Tentulah mereka ingin bersatu semula dengan keluarga di sana. Bak kata pepatah air dicincang tidakkan putus," jelas Firdaus.

Setelah itu, kedua mereka pun pulang ke rumah masing-masing dengan hati senang. Ahmad menaiki bas dari tempat kerjanya untuk pulang ke rumah di Telok Kurau. Ketika duduk di dalam bas, dia teringatkan perbualannya dengan Pak Agus semalam dalam perjalanan pulang dari sembahyang di Masjid Sultan. Mereka pulang dengan menaiki beca yang dikayuh oleh seorang lelaki Melayu berumur dalam 40an tahun.

"Atuk rasa rugilah kalau orang Melayu tidak menyokong PAP dalam pungutan suara nanti." Pak Agus membincang tentang kemasukan Singapura ke dalam Malaysia. Dia berumur lewat 60an tahun dan sudah banyak melihat perisitwa suka duka masyarakat Melayu Singapura dalam sepanjang hidupnya.

"Kenapa Atuk rasa begitu?" tanya Ahmad meminta penjelasan lebih lanjut.

"Masyarakat kita di Singapura ini tidak sekuat di Semenanjung sana. Bilangan kita ini sedikit. Kalau mengikut sistem demokrasi, kita tidakkan dapat mempunyai suara yang kuat. Bagaimana hendak memperjuangkan nasib kita kelak?" kata Pak Agus dengan nada yang tenang dan perlahan.

"Maksud Atuk sistem demokrasi tidak menguntungkan kita?" bertanya Ahmad lagi.

"Tidak, bukan begitu. Sistem demokrasi ini mendokongi keadilan dan membawa kemakmuran dalam negeri seperti yang berlaku di Amerika dan Eropah. Namun, dalam dunia politik, ada berbagai onak dan duri. Masyarakat Melayu kita tidak mungkin akan mendapat faedah darinya jika kita tidak bijak dan matang," Pak Agus berkongsi pengalaman dengan cucunya.

"Kemudian itu, macam mana kita hendak dapat faedah dari sistem ini?" Ahmad bertanya sambil membetulkan songkok di kepalanya.

"Salah satu caranya ialah bersatu dengan Malaya," kata Pak Agus ringkas. Selepas itu dia menambah.

"Lebih baik lagi kalau kita semua bersatu di seluruh Nusantara," jelas Pak Agus dengan tenang dan perlahan.

Ahmad berasa hairan bercampur musykil kerana cadangan Pak Agus itu memang pernah dibincangkan oleh para pejuang nasionalis pada tahun-tahun 20an dan 30an. Namun, ia tidak kecapaian kerana perbezaan fahaman antara mereka sendiri.

"Saya rasa itu tidak mungkin akan terjadi. Kita mempunyai sistem pemerintahan yang berbeza dari Indonesia dan juga Filipina. Lagipun, mereka akan memperjuangkan ideologi politik yang berasingan daripada kita." Ahmad nyatakan pendapatnya tentang cadangan Pak Agus itu.

"Kau salah faham, Mat!" kata Pak Agus sambil ketawa kecil. Dia kemudian membetulkan kopiah haji di kepalanya.

"Atuk tidak cakap pasal di bawah satu pemerintahan. Atuk bercakap tentang kita bersatu memperjuangkan hak dan martabat orang Melayu di dunia sebelah sini. Kita pastikan setiap pemerintah di rantau ini menghormati orang Melayu dengan mengembangkan budaya dan falsafah hidup kita" hujah Pak Agus dengan penuh semangat.

Ahmad mengangguk kepala apabila Pak Agus habis berucap tadi. Kini baharulah dia faham akan tujuan datuknya memberi cadangan itu.

Tidak lama kemudian, mereka pun sampai ke rumah. Ahmad menolong datuknya turun dari beca tersebut dan kemudian membayar upah kepada penarik beca itu.

"Terima kasih, bang!" kata Ahmad kepada tukang beca yang kelihatan girang mendapat hasil upahnya pada malam tersebut.

Apabila sampai pada hari pungutan suara itu diadakan, Ahmad pergi mengundi bersama dengan isterinya, Zainab, kedua orang tuanya serta datuknya, Pak Agus. Mereka telah keluar rumah dari siang hari lagi untuk pergi ke pusat mengundi di Geylang Serai.

Terdapat juga ramai orang yang sudah berada di situ apabila mereka sampai. Di dalam hatinya pasti mereka semua akan menyokong kemasukkan Singapura ke dalam Persekutuan Malaysia.

Beberapa bulan kemudian, Sulaiman mendapat tahu keputusan pungutan suara itu melalui sepucuk surat yang dikirimkan oleh Mariani kepadanya. Mengikut isi surat itu, ramai orang Melayu berpuas hati dengan keputusan Singapura memasuki Malaysia termasuklah Mariani dan keluarganya. Kini masa depan mereka akan terjamin.

Perkara yang membuat Sulaiman lebih berasa gembira dan puas hati apabila membaca surat itu ialah berita yang mengatakan Mariani dan anak mereka, Kamilah berada dalam keadaan baik belaka.

"Alhamdulillah," bersyukur Sulaiman dihatinya setelah habis membaca surat itu.

"Bang Man, hari ini tunang aku akan datang melawat aku?" Rustam beritahu kepada Sulaiman ketika mereka sedang bersarapan di dewan makan.

"Kau tidak larang dia supaya jangan datang?" Sulaiman membalas dengan spontan.

Ada berita desas desus yang tersebar di kalangan para tahanan bahawa para pelawat mereka khususnya wanita-wanita muda dibawa berjumpa dengan pegawai-pegawai tahanan dahulu sebelum dibenarkan berjumpa dengan mereka. Berita angin ini turut melibatkan pengetua tahanan iaitu Superintendant (Supt) Daniel Dutton, seorang Inggeris. Dari itu, ramai tahanan tersebut yang tidak berpuas hati dengan kelakuan pegawai-pegawai penjara ini.

"Dia sendiri yang hendak datang, bang," kata Rustam membetulkan duduk perkara sebenar.

"Dia kata di dalam suratnya dia akan datang pada tarikh ini kerana sudah lama tidak berjumpa. Tam pun rindukan dia," tambah Rustam kagi.

"Abang faham. Tetapi berita angin tentang kelakuan tidak senonoh pegawai-pegawai ini mungkin ada benarnya. Pokok tidakkan bergerak kalau tidak di pukul angin." Sulaiman mengingatkan teman yang lebih muda daripadanya itu.

"Lagipun sudah terlalu banyak teman kita yang mengatakan perkara itu. Mereka semua tidak puas hati dengan Dutton. Ada yang mengatakan dialah dalangnya," ujar Sulaiman lagi.

Rustam hanya berdiam diri. Kerisauan mulai berligar difikirannya.

"Nanti aku tanyakan kepada tunang aku. Sama ada betul atau tidak?" bisik Rustam di hatinya sambil bergerak pulang ke biliknya.

Mengikut jadual kegiatan untuk hari itu, Rustam ditugaskan bekerja di ladang tanaman yang berdekatan. Sedang mereka menunggu arahan untuk memulakan tugas mereka, datang seorang pegawai India ke bilik Rustam. Sulaiman dan teman-teman lain turut berada di bilik tersebut.

"Rustam, mari ikut keluar!" kata pegawai tersebut memerintah Rustam keluar dari biliknya.

Sulaiman memandang ke arah Rustam sambil memberi isyarat supaya ikutkan arah tersebut.

Setelah keluar dari bilik, Rustam bertanyakan kepada pegawai itu ke mana dia hendak dibawa pergi. Di dalam hatinya, dia agak ini mungkin disebabkan oleh lawatan yang akan diterimanya nanti.

"Hari ini, awak kerja dengan mereka semua di hujung pulau bersihkan pam air," pegawai tadi beritahu kepada Rustam dengan jarinya menunjukkan ke arah satu kumpulan orang tahanan yang sedang menantikan Rustam.

"Encik, nanti ada orang datang hendak jumpa saya," balas Rustam dengan cepat. Dia tidak mahu terlepas peluang berjumpa dengan tunangnya kelak.

"Awak jangan degil. Nanti apabila ada pelawat, kita panggil." Pegawai tersebut bersuara dengan nada suara yang tinggi.

Mendengarkan perintah itu, Rustam pun pergi berkumpul dengan lain-lain tahanan lalu bergerak ke hujung pulau dengan diawasi oleh seorang pegawai penjara lain. Dia bekerja dari pagi itu hingga tengahari. Hatinya tertanya-tanya, bilakah dia akan dipanggil balik untuk menerima lawatannya.

Sambil bekerja, Rustam akan memerhatikan setiap bot penumpang yang melintasi perairan pulau itu. Bila mana bot-bot itu meninggalkan pulau, dia akan merenung ke arah isinya dengan harapan hendak melihat siapa gerangan orang yang berada didalamnya.

Pada suatu masa, ketika Rustam hendak berangkat pulang, dia ternampak sebuah bot yang sedang meninggalkan pulau itu. Bot ini tidak ramai orang didalamnya. Seperti tadi, Rustam memerhatikan orang-orang yang menaiki bot tersebut. Perhatian Rustam kemudian tertumpu kepada seorang wanita muda yang duduk sendirian sambil mengusap muka dengan sapu tangannya. Dia nampak gaya dan rupa wanita itu mirip seperti tunangnya. Hatinya menjadi berat berserta risau. Setelah lama merenung ke arahnya, Rustam semakin pasti perempuan tersebut ialah tunangnya.

"Celaka, kenapa aku tidak dipanggil berjumpa?" Rustam mengherdik dihatinya. Dia mulai bimbang akan sesuatu perkara yang buruk telah berlaku keatas tunangnya.

Sejurus sahaja dia sampai ke tempat biliknya, Rustam terus pergi bertanyakan kepada pegawai India tadi tentang lawatannya pada hari itu.

"Kenapa saya tidak dipanggil balik untuk berjumpa pelawat?" tanya Rustam dengan meninggikan suara. Jiwa mudanya melebihi waras fikirannya.

"Saya nampak tunang saya dalam bot tadi, faham tidak?" Rustam tengking dengan perasaan penuh marah.

"Encik kata, kalau ada yang hendak jumpa, nanti panggil saya balik. Kenapa tidak buat begitu?" tanya Rustam lagi.

"Memang betul awak ada orang datang mahu jumpa, tetapi dia cakap tidak boleh lama tunggu. Nah, ini dia bawa sesuatu untuk awak," kata pegawai tersebut sambil memberi sekotak rokok berisi penuh kepada Rustam.

Rustam curiga mendengar alasan yang diberikan oleh pegawai itu.

"Tidak mungkin. Dia kata dia hendak jumpa aku sebab dia rindu. Tidakkan dia tidak boleh tunggu lama sikit?" bertanya Rustam di hatinya.

"Mesti ada sesuatu yang tidak kena," bisik Rustam kepada diri sendiri. Pandangannya tertumpu kepada pegawai tadi.

"Sudah. Pergi balik ke bilik," perintah pegawai itu kemudiannya.

Rustam bergerak meninggalkan pegawai itu. Entah kenapa, dia kemudian menoleh ke belakang untuk melihat tingkah laku pegawai tersebut. Perasaan marahnya meninggi apabila dia ternampak pegawai tadi tersenyum ketawa sambil menggelengkan kepalanya sejurus sahaja mereka berpisah.

"Pembohong. Kau pembohong!" pekik kuat dari Rustam dengan penuh marah.

Pekikan ini sungguh kuat sehingga para tahanan lain termasuk Sulaiman turut berhenti seketika. Apabila Sulaiman menoleh ke arah Rustam, dia lihat jari tangan Rustam sedang menuding ke arah seorang pegawai India yang berada dekat dengannya.

Sejurus kemudian, Rustam menyerang pegawai itu dan memukulnya. Ini diikuti oleh beberapa orang tahanan lain yang sememangnya menunggu peluang untuk melepaskan perasaan marah mereka. Keadaan menjadi kelam kabut apabila kejadian ini diketahui oleh para tahanan lain dan mereka sama-sama mengambil tindakan terhadap pegawai-pegawai penjara lain. Maka terjadilah satu rusuhan oleh para tahanan menentang pentadbir pusat itu.

Akibat dari rusuhan ini, tiga pegawai penjara terbunuh termasuklah pengetuanya, Supt Dutton. Pasukan polis telah dikerah untuk mententeramkan keadaan dan menangkap mereka yang bersalah. Setelah keadaan berjaya dikawal, seramai tujuh puluh orang tahanan telah didapati terlibat dalam kes rusuhan ini. Dalam perbicaraan kes mereka, sebelas tahanan dijatuhkan hukuman gantung kerana membunuh manakala tiga puluh tahanan dihukum penjara kerana terlibat dalam rusuhan dengan menggunakan senjata. Mereka termasuklah Rustam dan Sulaiman yang dibawa ke Penjara Changi untuk menjalani hukuman penjara selama sepuluh tahun.

Berita tentang rusuhan ini mencengkam perhatian masyarakat umum.

"Inilah terjadi jikalau peraturan dan undang-undang tidak dihormati." Hassan berkata kepada Osman ketika membuat kesimpulannya tentang rusuhan tersebut. Dia telah membaca berita mengenainya di dalam surat khabar Berita Harian. Ketika itu, mereka sedang duduk berihat di kantin dalam kem mereka.

"Tetapi mereka ini semua memang ahli-ahli samseng. Mana mereka ada ikut undang-undang," jawab Osman mengongsi pendapatnya.

"Itu memang benar. Tapi mereka juga seperti kita memerlukan peraturan supaya dapat hidup dalam keadaan aman dan tenteram," jawab Hassan menjelaskan pendapatnya.

"Soalnya, adakah peraturan ini dihormati oleh semua pihak termasuk orang yang diberi amanah untuk mentadbir," tambahnya lagi.

"Kalau kita baca surat khabar, amanah mentadbir itu tidak dilakukan dengan betul," sambut Osman kepada kenyataan Hassan tadi.

"Sebab itu, para tahanan memberontak," beritahu Hassan dengan penuh keyakinan. Dia memang percaya bahawa kuasa mentadbir yang diberikan oleh undang-undang atau rakyat tidak boleh diambil ringan oleh penerimanya. Jika tidak, maka padah akibatnya.

Perhatian Hassan kemudian tertumpu kepada nama seorang tahanan yang telah diberi hukuman jel selama sepuluh tahun dalam kes rusuhan itu.

"Sulaiman bin Darus." Hassan berkata di dalam hatinya beberapa kali.

"Hmm... Ini kaukah, Man?" dia bertanya tanpa mendapatkan jawapan.

Bab Enam

Pada lewat Ogos 1963, Presiden Sukarno dari Indonesia semakin kuat menyuarakan tentangannya terhadap Persekutuan Malaysia. Dia mengambil peluang mengutarakan bangkangannya itu pada setiap ceramah yang dihadirinya manakala surat khabar-surat khabar tempatan akan membuat liputan hampir setiap hari. Bahang tentangan ini dapat dirasai oleh masyarakat Melayu di Singapura.

Pada suatu petang, Hassan dan Osman sedang bertugas di kem mereka apabila Osman menunjukkan sepotong berita di dalam surat khabar Berita Harian. Hassan pun membacanya dengan tekun.

"Sukarno masih belum puas hati nampaknya ini!" Osman berkata seakan berseloroh setelah Hassan habis membaca isi kandungan cerita tersebut.

"Dia mengancam hendak *ganyang* Malaysia." sambung Osman dengan sinis.

"Maksud kau, dia hendak timbulkan huru-hara di negeri kita?" tanya Hassan inginkan penjelasan. Osman hanya menganggukkan kepalanya tanpa berkata-kata.

"Kau rasa orang kita akan menyokong tindakannya?" bertanya Osman kemudian.

"Maksud kau? Orang Melayu akan beri sokongan untuk membawa keadaan huru-hara di sini. Apa untungnya?" jawab Hassan dengan sinis.

"Bung Karno ini seorang yang berpengaruh. Dia ada banyak pengikut-pengikutnya." Osman menerangkan pendapatnya.

"Pelik juga aku dengan Sukarno ini. Tidakkah dia ambil kira keputusan pungutan suara yang telah diadakan kita pada tahun lalu?" tanya Osman.

"Aku rasa dia sudah dipengaruhi oleh komunis." Hassan berkata sambil menarik nafas panjang.

"Jangan lupa, komunis ini bukan sahaja menentang sistem demokrasi, mereka juga antifahaman beragama. Kita tidak boleh memihak kepadanya," tambah Hassan.

"Orang Melayu yang sememangnya beragama Islam tidak patut memihak kepada musuh yang menentang mereka. Nanti ia akan membawa porak-peranda dalam hidup mereka," nasihat Hassan untuk mengingatkan Osman.

Kemudian, Hassan teringatkan satu peristiwa ketika dia bertugas dalam polis Malaya di Senai dahulu. Dalam satu rondaannya, pasukannya bertemu dengan seorang anak muda Cina. Pemuda ini kelihatan pucat dan penuh dengan ketakutan. Apabila ditanya sebabnya, dia memberitahu bahawa kawasan tempat tinggalnya itu adalah di bawah pengaruh gerila komunis. Orang kampungnya terpaksa mematuhi semua perintah komunis agar tidak dibunuh. Wajah pucat anak muda itu sentiasa berada dalam ingatannya sehingga kini.

"Tidak aku mahu anak-anak aku hidup dalam keadaan begitu," sumpah Hassan dihatinya.

"Man, kita tidak boleh biarkan komunis menang." Hassan berkata kepada temannya apabila dia teringatkan kata-kata Osman tadi.

"Sudah nasib kita di Singapura ini, San. Musuh mengelilingi kita dari semua sudut," sambut Osman dengan nada pasrah kepada nasib.

"Kalau sudah begitu, kita mesti bersatu dan mempertahan daulat kita," beritahu Hassan dengan mengungkap kata-kata dari batalion komandernya.

Pada tanggal 1 Sep 1963, Singapura mengistihar kemasukannya dalam Persekutuan Malaysia dengan satu pengumuman melalui TV Singapura, stesen TV yang baharu dibuka pada bulan Feb 1963. Berita ini disambut gembira oleh kebanyakan penduduk Singapura tidak kira bangsa atau agama.

Malangnya, suasana ini tidak kekal lama kerana hubungan kerajaan pusat di Kuala Lumpur dengan pemerintah PAP menjadi tegang apabila sering terdapat bertelingkahan atas perbezaan dasar dan pendapat antara mereka. Sedang kerajaan pusat mempunyai polisi yang memberi keutamaan kepada bangsa Melayu, pemerintah PAP di Singapura mempunyai pendekatan yang berlainan dan mempeloouri konsep 'Malaysian Malaysia'. Di samping itu, pemerintah Singapura tidak berpuas hati dikenakan bayaran cukai perdagangan yang tinggi oleh kerajaan pusat. Ia diburukkan lagi apabila kerajaan pusat mengambil ringan bantahan dari pemerintah Singapura.

Ketegangan ini turut dirasai oleh masyarakat umum dan khususnya, orang Melayu setelah beberapa ketua politik dari Kuala Lumpur datang ke Singapura dan memberi hujah yang mengutuk pemerintah PAP.

Di satu perhimpunan politik di Geylang selepas pilihanraya Malaysia pada Julai 1964, ramai orang datang untuk mendengar ucapan daripada seorang pemimpin dari seberang tambak. Mereka ini termasuklah Ahmad dan temannya, Firdaus. Kedua mereka ini curiga terhadap hujah dan permainan politik para pemimpin dari Kuala Lumpur. Jika sebelum ini mereka hanya boleh mengikutinya dari potongan-potongan berita surat khabar tempatan, kini peluang telah pun tiba untuk mereka mendengarinya dengan sendiri. Maka itu, mereka tidak mahu melepaskan peluang ini.

Apabila tiba giliran ketua itu untuk menyampaikan hujahnya, tepukan gemuruh diberikan oleh para hadirin yang kebanyakannya ialah orang Melayu. Ketua itu berucap dengan suara yang lantang dan kadangkala dengan nada yang marah.

"Kita tidak bermusuh dengan orang Melayu di Singapura," kata ketua itu dalam hujahnya.

"Kita bermusuh dengan PAP!" tambah ketua itu dengan megah sambil menekankan suaranya apabila menyebut perkataan terakhir itu. Ucapannya itu disambut girang oleh para hadirin dengan memberi tepukan riuh.

Ahmad memandang kepada Firdaus sejurus mendengar ucapan itu. Hatinya menjadi berat untuk terus berdiri dan mendengar ucapan tetamu khas dari seberang tambak ini. Namun, dia tidak mengajak Firdaus berganjak pergi kerana temannya itu masih lagi hendak mendengar ucapan selanjutnya dari ketua tersebut.

"Hati aku risau dengarkan ucapannya tadi," kata Ahmad kepada Firdaus sejurus sahaja mereka duduk di meja makan dalam sebuah kedai makan di Joo Chiat.

"Hujahnya itu cuba melaga-lagakan kita dengan pemerintah kita sendiri," tambah Ahmad lagi.

"Apa agendanya yang dia berbuat demikian?" bertanya Firdaus kebingungan.

"Mudah sahaja. Dia hendak kita jatuhkan PAP." Ahmad beritahu temannya.

"Apakah dia tidak sedar bahawa orang Melayu di Singapura hanya berapa kerat sahaja?" tanya Ahmad lagi.

"Kalau beginilah permainan politik mereka, aku rasa ini tidak baik untuk kita," kata Ahmad mengongsi fikirannya.

"Aku takut ada orang termakan umpannya. Ini akan memburukkan hubungan kita dengan masyarakat lain di sini. Susah kita nanti," jawab Firdaus dengan memberikan gambaran yang kurang baik.

"Di negera Amerika, perbuatan melampau oleh setengah-setengah pihak membawa kepada rusuhan perkauman yang berleluasa lagi padah. Yang tertindas adalah kaum minoriti mereka," tambah Ahmad dengan wajah yang serius.

Setelah habis minum air kopi, Ahmad pun bergegas minta diri untuk pulang ke rumah seolah-olah dia teringatkan sesuatu perkara penting yang perlu dilakukan. Dia mengeluarkan wang lalu diberikannya kepada Firdaus.

"Fid, aku hendak pulang dahulu. Kerja kelas malam aku belum habis lagi. Aku perlu siapkannya sebelum kelas esok malam." Ahmad jelaskan tentang tujuannya.

"Aku puji kau, Mat. Kau bersungguh-sungguh mengajar cita-cita menjadi seorang peguam," kata Firdaus memuji temannya.

"Betul. Tetapi sekarang ini, aku harus lulus peperiksaan Cambridge dahulu." Ahmad beritahu dengan nada selamba.

Beberapa bulan selepas itu, pada tanggal 21 Julai 1964, masyarakat Melayu Singapura mengadakan sambutan Maulid Nabi yang besar-besaran dengan Yang DiPertuan Negara menjadi tetamu terhormatnya. Upacara ini diadakan di Padang, bersebelahan City Hall. Seperti biasa, selepas ucapan oleh tetamu terhormat, majlis diteruskan dengan satu perarakan oleh para hadirin dari City Hall menuju ke Geylang. Perarakan ini melibatkan beribu-ribu orang Melayu yang datang dari seluruh kawasan di pulau ini.

Ahmad turut hadir bersama Firdaus untuk meraikan majlis ini. Mereka memakai baju kurung Melayu serta bersongkok hitam di kepala. Sambil berjalan menuju ke Geylang, mereka beramai-ramai melaungkan 'Allahu Akbar' di sepanjang perjalanan. Perarakan ini pula diperhatikan oleh kaum-kaum lain yang berdiri dari jauh. Ada juga di antara mereka terdapat beberapa pegawai polis yang bertugas mengawal perarakan ini.

Ketika Ahmad sampai di satu tempat di Kallang pada jam 5 petang, dia ternampak ramai orang lari bertempiaran di hadapannya. Hatinya tertanya-tanya akan sebab-musabab kejadian itu. Kemudian dia terdengar suara orang memekik dengan ketakutan.

"Lari! Depan ada rusuhan!"

"Apa? Siapa serang kita? Kenapa?" bertanya Ahmad dengan nada cemas.

"Aku pun tidak tahu," jawab Firdau ringkas.

Inilah kali kedua mereka bertemu dengan keadaan sebegini. Perisitwa pertama ialah semasa rusuhan pekerja bas Hock Lee hampir sepuluh tahun yang lalu. Dengan menggunakan pengalamannya dari perisitwa tersebut, Firdaus membuat cadangan yang sama untuk tindakan mereka selanjutnya.

"Aku rasa lebih baik kita pergi jauh dari sini sebelum apa-apa terjadi kepada kita," Firdaus beritahu temannya.

Ahmad tidak menjawab. Kemudian, dia pun ikut lari bersama Firdaus.

Mereka berlari menuju ke City Hall dengan Firdaus mendahului temannya di hadapan. Sambil berlari, dia menoleh ke belakang untuk melihat jika ada terdapat orang mengejari mereka. Perjalanan ke City Hall itu memakan masa lebih kurang satu jam lamanya. Setiba di sana, mereka terus duduk di tengah padang dengan letih lesu. Baju mereka basah akibat peluh di badan. Sambil duduk, Ahmad perhatikan keadaan di sekelilingnya yang terdapat ramai orang dan kesemua mereka meminta perlindungan daripada pegawai-pegawai polis yang bertugas.

Berita tentang rusuhan ini mulai tersebar melalui stesen radio dan TV. Untuk mengawal keadaan serta harta benda awam dan peribadi, pemerintah PAP mengeluarkan perintah berkurung dari jam 9.30 malam pada hari tersebut hingga esok pagi. Ia juga mengerahkan *Second Battalion, SIR* untuk menguatkuasakan perintah ini di kawasan perumahan di Geylang.

Hassan yang kini berpangkat staf sarjan mengetuai pasukannya membuat rondaan di kawasan Geylang. Mereka sampai di sini pada jam 9 malam dan bergerak perlahan-lahan dengan senjata api di tangan. Kebanyakan anggota pasukan ini berbangsa Melayu manakala kawasan rondaan mereka ada terdapat perkampungan orang-orang Cina. Menyedari hakikat itu, Hassan memberi arahan kepada anak-anak buahnya supaya berwaspada kerana setiap pergerakan mereka sedang diawasi dengan teliti oleh mata yang berada di sebalik dinding.

Tiba di suatu tempat, Hassan mendapat laporan bahawa beberapa orang sedang berkumpul di dalam sebuah surau berdekatan. Dia pun pergi menyiasat dan memasuki surau tersebut. Di dalam surau itu, dia ternampak lebih kurang sepuluh orang sedang duduk berkumpul dalam ketakutan.

"Kenapa awak semua berada di sini?" tanya Hassan dengan nada suara yang tinggi.

"Kami takut balik ke kampung kami, encik," kata salah seorang dari mereka.

"Tetapi ini salah. Kamu sudah melanggari perintah berkurung," jawab Hassan dengan tegas.

Keadaan menjadi tegang kerana mereka yang berada di surau tersebut tidak tahu apakah tindakan selanjut yang akan di ambil oleh Hassan nanti. Bagi mereka, bersembunyi di surau itu ialah perbuatan yang sebaik-baiknya untuk mereka.

Tiba-tiba Hassan terdengar bunyi suara orang yang sudah lama tidak didengari. Hatinya menjadi curiga.

"San, itu kau ya?" bertanya suara itu kepada Hassan.

"Ya, kau siapa?" jawab Hassan sambil bertanya. Matanya menuju tajam ke arah suara tadi.

Kemudian seraut wajah yang dia kenali muncul dari kalangan orang yang berkumpul tadi. Wajah orang yang tidak diduga berada di situ.

"Ahmad! Apa kau buat di sini?" Hassan bertanya sambil tersenyum sikit.

"Panjang ceritanya, San," beritahu Ahmad kepada teman lamanya. Perasaan takut yang memuncak tadi sudah beransur hilang. Dia tidak duga akan bertemu semula dengan teman lamanya itu.

"Aku pergi ke Padang tadi petang. Dalam perarakan dari Padang ke Geylang, aku nampak orang bertempiaran lari patah balik dari Kallang. Aku pun ikut balik ke Padang. Kemudian kami di suruh pulang kerana perintah berkurung telah dikeluarkan. Jadi, aku berjalan perlahan-lahan menuju balik. Sampai di surau ini, aku pun sembahyang Maghrib dulu," jawab Ahmad dengan panjang lebar.

"Kenapa kau tidak terus balik sebelum 9:30 malam?" tanya Hassan lagi.

"Aku dinasihatkan oleh mereka semua jangan keluar sebab kawasan ini terdapat banyak perkampungan Cina. Nanti aku diserang, kata mereka." Ahmad menjelaskan duduk perkara kepada Hassan.

Hassan terdiam seketika. Belum sempat dia berkata apa-apa, Ahmad meneruskan perbualannya.

"San, kau boleh tolong?" tanya Ahmad pendek.

"Apa dia?" jawab Hassan kemusykilan.

"Kau boleh tolong hantarkan mereka pulang ke kampung mereka?" sambut Ahmad mengacukan bibirnya ke arah orang-orang tadi.

"Mereka beritahu aku bahawa rumah mereka dikelilingi dengan kawasan orang Cina. Mereka risau akan keadaan keluarga mereka di rumah," tambah Ahmad lagi.

"Baiklah. Suruh mereka naik lori sekarang," kata Hassan setelah lama berfikir. Dia faham akan perasaan orang-orang ini terhadap keluarga mereka. Dia teringatkan peristiwa lama ketika ditahan dalam lokap polis semasa rusuhan Natrah. Perasaan risau bercampur kesal menyelubungi jiwa raganya.

"Kau, bagaimana pula? Kau masih tinggal di Lorong G?" Hassan bertanya kepada Ahmad.

"Tidak apalah. Kau jangan risaukan tentang aku. Panjang umar, kita jumpa lagi." Ahmad beritahu supaya temannya jangan merasa bersalah. Dia kemudian menjabat tangan Hassan dengan erat sambil tersenyum. Kedua mereka pun berpisah semula.

Setelah orang-orang itu menaiki lori bersama anggota pasukannya, Hassan mengarahkan kenderaan itu bergerak menuju ke kampung mereka di Lorong Engku Aman. Tiba di permukaan lorong tersebut, Hassan lihat sekumpulan orang Cina sedang berdiri di hadapan rumah mereka dan mengawasi segala pergerakan keluar masuk di lorong itu.

"Apa tujuan mereka buat begini? tanya Hassan di dalam hati.

"Mungkin mereka sedang mengawal kampung mereka," jawab Hassan untuk menenangkan dirinya.

Beberapa minit kemudian, kenderaan mereka pun sampai di rumah orang-orang Melayu itu. Setelah turun, mereka disambut mesra oleh ahli-ahli keluarga mereka yang juga dalam kerisauan seperti mereka.

"Alhamdulillah. Nampaknya mereka tidak diapa-apakan." kata drebar lori itu kepada Hassan.

"Alhamdulillah," sambut Hassan kembali.

Hassan sedar tindakan orang-orang Cina yang mengawal pergerakan di muka lorong tadi adalah untuk memastikan keluarga-keluarga Melayu ini terselamat dari sebarang bahaya. Hatinya lega apabila memikirkan perkara itu.

"Ada juga kewarasan di dalam kemelut ini," katanya di dalam hatinya.

Rusuhan perkauman pada tahun 1964 itu menelan sebanyak dua puluh tiga nyawa dengan lebih kurang empat ratus orang tercedera. Ia merupakan satu babak buruk dalam sejarah Singapura. Keadaan yang tegang pada hari-hari berikutnya mengakibatkan perintah berkurung ini diteruskan selama sebelas hari. Apabila keadaan telah beransur pulih seperti biasa, perintah berkurung ini ditarik balik.

Susulan dari rusuhan ini, pemerintah Singapura telah menubuhkan Jawatankuasa Muhibbah yang dianggotai oleh ketua-ketua kampung dan masyarakat di beberapa kawasan. Jawatankuasa ini bertanggungjawab mengadakan kegiatan-kegiatan yang melibatkan semua kaum di kawasan mereka. Tujuannya adalah untuk menggalakkan harmoni dan integrasi antara kaum di Singapura.

Kecekapan pemerintah Singapura mengambil tindakan yang tegas lagi cepat telah berjaya mengawal keadaan daripada menjadi bertambah buruk. Ini diiktiraf oleh kerajaan pusat di Kuala Lumpur yang memaklumkan hal ini di dalam parlimen beberapa bulan kemudian.

"Kalau dahulu aku terlibat dalam rusuhan, kini aku mententeramkan keadaan pula," tersenyum Hassan pada diri sendiri.

"Aku sedar sekarang. Aku ibaratkan seekor tikus yang berada di tengah-tengah dua ekor gajah besar yang sedang bergaduh. Aku mesti bijak memilih pihak," tambah Hassan lagi.

"Orang Melayu tidak boleh mudah terperdaya dengan kata-kata yang manis, terutama daripada orang-orang yang tidak jujur dengan mereka," fikir Hassan dihatinya.

Bab Tujuh

Tanggal 3 Sep 1964 jam 10 pagi, Ahmad sedang duduk di meja kerjanya yang usang dan penuh dengan fail. Dia sibuk menguruskan kerjanya dengan meneliti setiap butiran klausa dalam semua kertas perjanjian. Tidak lama kemudian Firdaus datang menghampirinya dari tempat duduk meja kerjanya di sebelah belakang. Oleh kerana majikannya telah menetapkan jadual bagi kerjanya dihabiskan, Ahmad enggan melayani temannya pada hari itu. Namun, perhatiannya bertukar haluan setelah Firdaus berbisikkan sesuatu perkara yang luar dugaan ke telinganya.

"Betulkah?" tanya Ahmad ringkas.

Firdaus mengangguk kepala beberapa kali sebelum menjawab.

"Seorang rakan kerja kita yang tinggal di Johor Bahru ada mengatakannya sebentar tadi," beritahu Firdaus dengan bersungguh-sungguh.

"Ini tidak bagus. Mereka pasti akan turun ke sini nanti, kau tengoklah," kata Ahmad sambil memberikan pendapatnya.

Kedua orang ini sedang berbincang tentang berita tergempar yang melanda Kota Singa ketika itu. Askar-askar komando Indonesia telah mendarat di Labis, Johor dan menganggu keamanan di sana. Presiden Sukarno yang menentang penubuhan

Malaysia sedang memulakan kempen 'Konfrontasi' yang dilaungkannya sebelum perjanjian Malaysia dimeteraikan dulu. Kemasukan askas-askar Indon ini tidak lain hanya untuk membuat kacau dan menimbulkan perasaan takut di kalangan penduduk-penduduk tempatan. Di sebalik itu, pencerobohan secara besar-besaran oleh askar-askar Indon ke atas Malaysia tidak pernah terjadi di sepanjang kempen itu.

"Bagaimana pula kalau ada pencerobohan besar-besaran?" Firdaus mengemukakan soalan yang timbul di kepalanya.

"Aku harap ia tidak akan berlaku. Lagipun, British sudah beri janji akan membantu kita jika ini terjadi. Kekuatan British masih belum dapat ditandingi oleh Indonesia. Mereka harus fikir dua kali sebelum bertindak," kata Ahmad seperti seorang komander tentera.

"Aku rasa kempen ini hanya satu mainan politik oleh Bung Karno." Ahmad memberi pendapatnya.

"Aku pun rasa begitu juga. Tetapi apa boleh buat?" bertanya Firdaus.

"Aku harap orang Melayu berjaga-jaga jangan sampai termakan umpannya," jawab Ahmad seolah-olah memberitahu dirinya sendiri.

Pada keesokan hari, satu kes pembunuhan telah berlaku di Geylang Serai melibatkan seorang penarik beca. Khabar berita mengatakan dia telah dibunuh oleh sekumpulan orang Cina. Akibat dari semangat permusuhan yang timbul sejak rusuhan perkauman pada bulan Julai lalu, maka terjadi lagi satu rusuhan perkauman di Singapura. Ini kali, rusuhan bermula di Geylang dan merebak ke kawasan di Joo Chiat dan Siglap.

Rusuhan perkauman yang kedua ini mengorbankan tiga belas nyawa dan mencederakan sebanyak seratus enam orang. Seperti rusuhan yang lalu, perintah berkurung telah dikeluarkan sejurus terjadinya kekacauan dengan pasukan tentera dikerahkan mengawal keadaan di kawasan yang sering berlaku pergaduhan. Disebabkan tindakan yang tegas dan cepat oleh pemerintah Singapura maka ia telah menyelamatkan keadaan daripada terjerumus terus menjadi satu mala petaka.

Siasatan oleh pihak kerajaan pusat di Kuala Lumpur dan pemerintah Singapura menunjukkan dalang bagi kejadian berdarah ini adalah ajen-ajen dari Indonesia. Mereka telah mengapi-apikan semangat permusuhan di antara masyarakat tempatan supaya mereka bergaduh dan membuat kacau di dalam negeri.

Seperti ditakdirkan, sambutan awal Syawal yakni Hari Raya Puasa berlaku hampir serentak dengan Tahun Baharu Cina pada 2 Feb 1965. Kedua-dua kaum yang pernah bertelingkah diajak bersama menyambut hari besar masing-masing. Pemerintah Singapura mengambil kesempatan ini dengan menggalakkan semangat muhibbah di kalangan penduduk Singapura untuk sama-sama menyambut hari-hari perayaan ini.

"Pukul berapa abang janji dengan teman-teman kerja abang?" tanya Zainab selepas habis siap menghidang makanan di ruang tamu. Beberapa jenis kuih ada terdapat di atas meja makan itu.

"Pukul dua petang. Agaknya mereka akan sampai sekejap lagi," jawab Ahmad apabila melihat jam di dinding sudah hampir pukul dua.

"Banyak yang dijemput datang?" tanya Zainab lagi.

"Dalam lima orang termasuk bos abang, Mr Tan dan Ms Chan. Mereka ingin datang ke rumah sebab hendak tengok anak kita, Azman yang baharu lahir tu," kata Ahmad menerangkan tujuan teman-teman kerjanya itu.

Tidak berapa kemudian terdengar bunyi ketukan di pintu rumah. Tetamu yang ditunggu akhirnya sudah sampai lalu disambut mesra oleh tuan rumah.

"Hello. Selamat Hari Raya!" kata Mr Tan sejurus sahaja dia masuk ke dalam rumah. Dia berumur dalam awal 50an dan tingginya sederhana. Dia kelihatan segak memakai baju tangan panjang berwarna putih dan seluar panjang hitam.

"*Welcome and Happy New Year to you,*" jawab Ahmad membalas ucapan dari majikannya. Mr Tan masuk ke dalam dan menghulurkan buah tangan kepada Ahmad.

"*Zainab, how are you? And the baby?*" tanya Ms Chan ketika bersalam tangan dengan Zainab yang tersenyum lebar. Nyonya muda ini nampak cantik memakai baju cheongsam merah berserta dengan beg tangan putih.

"*We are fine. Please come in,*" jawab Zainab, guru bahasa Inggeris di sebuah sekolah kebangsaan.

Tidak lama kemudian, Firdaus dan keluarganya pun sampai ke rumah Ahmad lalu disambut mesra oleh tuan rumah. Rumah yang baharu didiami oleh Ahmad sekeluarga itu terletak di Frankel Estate. Tidak banyak terdapat keluarga Melayu yang tinggal di situ. Justeru, kegirangan yang terdapat di rumah tersebut telah menarik perhatian jiran tetangganya. Ada di antara mereka terintai-intai memerhatikan suasana meriah ini.

"Apa kabar kedua orang tuamu? Dan Pak Agus, datukmu?" tanya Firdaus setelah lama duduk bersantap juadah yang dihidangkan.

"Orang tua aku baik sahaja. Mereka sedang melawat datuk aku dirumahnya di Lorong G. Atuk tidak berapa sihat sejak kebelakangan ini. Maklumlah, orang sudah berumur," beritahu Ahmad tentang Pak Agus, datuknya.

"Mudah-mudahan dia akan beransur sembuh," doa Firdaus untuk kesihatan Pak Agus.

"Kau bernasib baik mempunyai seorang datuk yang banyak pengalaman hidup dan bijak dalam mengongsinya." Firdaus beritahu tentang pendapatnya terhadap Pak Agus.

Ahmad mengangguk kepala bersetuju dengan Firdaus. Ingatannya berlari sebentar kepada datuknya itu yang sedang sakit.

"Selepas ini, aku hendak pergi melawatnya," kata Ahmad kepada temannya akan rancangannya untuk hari itu.

"*Come, let's eat some more,*" kata Zainab mengajak tetamunya merasa kuih yang telah dihidangkannya.

Pada masa yang sama, Hassan sedang melayani temannya, Sarjan Robert yang telah datang ke rumahnya. Ketika itu, dia tinggal di Army Quarters di Queens Close bersama anak dan isterinya.

"*Hey Robert, come in!*" Hassan berkata apabila ternampak Robert di muka pintu rumahnya.

"*Thank you, Staff*. Selamat Hari Raya," ucap Robert sambil melangkah masuk ke rumah Hassan.

"*I saw your door opened, so I told my missus to come along and visit you*," beritahu Robert kepada Hassan sambil mengajak isterinya masuk ke dalam bersamanya.

Hassan mengangguk kepala dengan perasaan terharu terhadap anak buahnya itu.

"*We are neighbours, Staff. I thought why not we visit one another since your new year and mine fall on the same day*," kata Robert dengan bersungguh-sungguh.

"*You're right. We, Malays and Chinese should come together. Even God tells us that!*" Hassan menyambut ucapan Robert dengan tersenyum.

"*In the army, we must work and stay together all the time. Betul, Staff?*" kata Robert sambil memandang ke arah Hassan seolah-olah meminta persetujuan.

"Betul. Betul," jawab Hassan menyetujui pendapat Robert.

Suasana di Queens Close amat meriah setiap kali menyambut Hari Raya Puasa. Bukan sahaja terdapat banyak keluarga Melayu yang menetap di sini, bahkan mereka juga saling menziarahi antara satu sama lain pada hari tersebut. Di samping itu, lagu-lagu Hari Raya yang dinyanyikan oleh penyanyi-penyanyi seperti P.Ramlee, Saloma, Faridah Onn dan S.Jibeng berkumandang di radio pada setiap rumah. Keadaan ini serupa dengan di kampung-kampung Melayu seperti di Kaki Bukit, Pasir Panjang, Bukit Timah, Sembawang dan lain-lain lagi. Kanak-kanak berlari gembira di sana sini. Anak-anak lelaki bermain mercun di hujung kampung dan Anak-anak perempuan bermain bunga api di halaman rumah. Ia satu pandangan yang sungguh menyeronokkan.

Keadaan lebih menyeronokkan lagi pada malam pertama Syawal apabila Yang DiPertuan Negara, Encik Yusof Ishak akan mengistiharkannya melalui radio justeru hari cuti umum pada esoknya. Kaum ibu akan memasang telinga di radio supaya mendengar ucapan tersebut agar persiapan untuk memasak lauk dan ketupat hari raya dapat dilakukan dengan segera. Adakala persiapan ini terpaksa ditangguhkan kerana anak bulan Syawal tidak kelihatan pada malam tersebut. Kelakuan anak-anak kecil juga menyeronokkan apabila berita hampa ini disampaikan kepada mereka. "Puasa satu hari lagi." keluhan yang biasa terdengar daripada mereka.

Di sebalik itu, sambutan Hari Raya Puasa di Penjara Changi begitu hambar sekali. Kebanyakan pesalah-pesalah Melayu termasuk Sulaiman memulakan sambutan itu dengan bersembahyang jemaah yang diketuai oleh Pak Imam dari Masjid Azamiyyah yang berdekatan. Di dalam dewan itu, para pesalah akan mendengar khutbah selepas solat dan kemudiannya, dibawa balik ke bilik masing-masing. Bagi Sulaiman, ini adalah kali kedua berturut-turut dia berhari raya di Penjara Changi. Perasaan hiba mencengkami jiwanya.

"Kasihan anak isteri aku. Tidak dapat kita bersatu di hari mulia ini," bisik Sulaiman dihatinya.

"Bang Man. Ini ada kawan lama hendak jumpa," kata Rustam yang duduk di sebelah Sulaiman dalam dewan itu.

Sulaiman menoleh ke arah Rustam dan ternampak seorang lelaki gempal yang tersenyum kepadanya.

"Man, kau ingat aku?" tanya lelaki itu kepada Sulaiman yang seakan-akan ingat lupa kepadanya.

Tidak lama kemudian dia menambah.

"Aku, Aziz Botak. Dulu kita sama-sama dalam lokap semasa Natrah," kata lelaki gempal itu sambil tersengih.

"Oh kau, Aziz. Apa kabar?" jawab Sulaiman sambil bertanyakan khabar. Ingatan dia terhadap lelaki ini datang kembali. Dia memang kenal Aziz sejak dulu lagi ketika mereka sama-sama tinggal di Geylang. Tetapi bukan seperti Aziz, Sulaiman tidak pernah terlibat dalam kegiatan kumpulan samseng yang terkenal di kawasan Geylang Serai.

"Baik. Man, kau berapa tahun di sini?" tanya Aziz dengan penuh curiga.

"Sepuluh tahun. Selepas itu, ada lagi tahanan," beritahu Sulaiman dengan nada suara lemah.

"Kalau begitu, kita boleh berjumpa banyak kali di sini," jawab Aziz seperti ambil ringan akan keadaan mereka yang sedang tertekan itu.

"Kau, apa cerita di sini?" tanya Rustam sambil menyampuk.

"Aku pun ada kes 55 macam kamu berdua. Aku kena tangkap semasa rusuhan tahun lepas," beritahu Aziz dengan selamba.

"Kau ada buat kacau. Di mana?" tanya Rustam mahukan kepastian.

"Di Geylang, mana lagi? Orang suruh, kita buat?" jawab Aziz bersahaja.

"Semua orang ada harganya, bukan!" tambah Aziz sambil tersengih.

Sulaiman dan Rustam memandang ke arah masing-masing tanpa berkata-kata.

"Memperjuangkan bangsa bukan dengan cara begitu," kata Sulaiman di hatinya.

"Kalau diupah untuk berjuang itu bermakna merendahkan martabat bangsa," bisik hati Sulaiman lagi.

Kemudian terdengaran satu arahan dari pegawai penjara memanggil, "Blok C, keluar beratur!" Sulaiman pun bangun lalu meninggalkan Aziz bersama Rustam di dalam dewan itu.

Tanggal 10 Mac 1965 jam 2 petang, Ahmad sedang menemui seorang pelanggannya di bangunan MacDonald House di Orchard Road. Mereka ingin memeteraikan satu perjanjian yang telah dipersetujui oleh kedua pihak sebelum itu. Apabila sahaja tamat perjumpaan itu, Ahmad terus mengundurkan diri kerana hendak pulang ke pejabat dengan segera. Dia pulang menaiki teksi dan perjalanannya memakan masa selama satu jam kerana trafik di jalan masuk ke Market Street penuh sesak dengan manusia dan kenderaan.

Tiba sahaja di pejabatnya, Ahmad disambut dengan satu renungan tajam oleh teman-teman kerjanya. Mereka seolah-olah terperanjat apabila melihat Ahmad masuk ke pejabat.

"*Oh God. You're safe,*" kata Ms Chan dengan nada suara tinggi.

"*Yes. But why?*" bertanya Ahmad kepada Ms Chan.

"Kau tidak ada dengar dalam radio?" balas Firdaus kepada pertanyaan Ahmad tadi.

"Tidak. Apa dia?" bertanya Ahmad lagi.

"Ada satu letupan bom di MacDonald House." Firdaus beritahu dengan nada lega. Dia memegang bahu temannya sambil menggoyangkan kepalanya.

"Apabila kami mendapat tahu kau ada pergi ke sana pagi tadi, kami semua menjadi risau. Lebih-lebih lagi, terdapat banyak orang yang cedera termasuk seorang wanita yang cedera parah," tambah Firdaus lagi.

Tiba-tiba Ahmad teringatkan isterinya, Zainab kerana dia ada beritahu kepadanya tentang temu janji dia dengan seorang pelanggan di MacDonald House petang itu.

"Baik aku telefon sekolah dia untuk beritahunya. Takut-takut nanti, dia pun risau seperti mereka," kata Ahmad dalam hatinya.

Ahmad segera pergi ke meja kerjanya lalu membuat panggilan telefon ke sekolah Zainab. Beberapa minit kemudian, suara Zainab kedengaran dan mereka pun berkongsi berita tentang kejadian bom tadi.

Akibat tragedi pengeboman ini, tiga nyawa telah terkorban termasuklah dua orang wanita Cina dan seorang lelaki

Melayu, serta kerosakan besar kepada bangunan tersebut. Sementara itu, dua ajen Indonesia telah berjaya ditangkap oleh pihak polis kerana terlibat dengannya. .

Kejadian pengeboman ini membuat ramai orang berasa resah gelisah terhadap masyarakat Singapura yang berasal dari Indonesia. Perasaan curiga ini juga memecah semangat kejiranan antara masyarakat Melayu sendiri.

"Aku kasihan dengan teman-teman kita yang berbangsa Jawa." Firdaus beritahu kepada Ahmad seminggu selepas kejadian pengeboman itu.

"Kenapa, Fid?" tanya Ahmad dengan musykil.

"Yalah. Setengah orang kata mereka ini ibaratkan gunting dalam lipatan. Mereka tidak boleh dipercayai," kata Firdaus menerangkan ucapannya tadi. Ada beberapa teman lainnya yang telah berkongsi pendapat mereka dengan dia.

"Jadi, maksud kau, kita harus berwaspada dengan mereka ini?" tanya Ahmad lagi. Perasaan marah mulai timbul di hatinya kerana keluarganya juga berasal dari Indonesia. Firdaus tidak menjawab dan hanya berdiam diri.

"Sudah menjadi lumrah hidup. Manusia selalu menyalahkan orang lain apabila sesuatu buruk berlaku dalam hidup mereka. Malang sekali, ini tidak semestinya betul," berbisik Ahmad di hatinya.

Bab Lapan

Keadaan menjadi kusut bagi masyarakat Melayu di Singapura apabila berita tersiar bahawa Singapura telah keluar dari Persekutuan Malaysia. Berita ini amat memeranjatkan kerana mereka tidak menyangka ketegangan hubungan antara pemerintah Singapura dengan kerajaan pusat di Kuala Lumpur akan membawa kepada perpisahan bagi kedua pihak.

Bagi pemerintah Singapura, ia menyampaikan berita mengejutkan ini melalui satu pengumunan khas dari Perdana Menteri Lee Kuan Yew yang disiarkan oleh TV Singapura. Didalam interviu itu, beliau juga mengumumkan tanggal 9 Ogos 1965 sebagai hari kemerdekaan Singapura.

Sungguhpun berita perpisahan ini mengecewakan masyarakat Melayu, mereka tetap teruskan kehidupan seharian seperti biasa. Tiada rusuhan dan mogok bantahan berlaku di pulau ini. Kekosongan di jiwa tidak membawa padah di raga.

"Kau rasa akan terjadi rusuhan oleh orang Melayu nanti?" tanya Osman kepada Hassan setelah mendapat perintah bersiap siaga dari komandernya.

"Tidak mungkin. Orang Melayu kini sedar kedudukan mereka tidak seperti dalam Malaysia dulu," kata Hassan memberikan pandangannya tentang hal yang disebut oleh Osman tadi.

"Jadi kenapa kita hendak sibuk-sibuk bersiap sedia?" bertanya Osman lagi dengan sinis.

"Mungkin sebagai persiapan sahaja. Biar kesal dahulu jangan kesal kemudian," jawab Hassan sambil meneka reaksi temannya.

"Mungkin juga. Orang kita sudah banyak kali termakan umpan." Osman jelaskan tentang pendapatnya pula. Dia teringatkan peristiwa rusuhan perkauman yang berlaku di Singapura pada tahun 1964.

"Kita bersiap sedia juga kerana takut kalau Bung Karno mengambil kesempatan dari perpisahan ini dan menghantar askar-askarnya ke sini," tambah Hassan dengan mengukitkan tentang Presiden Sukarno yang semakin lantang menentang Persekutuan Malaysia.

"Ya. Itu pun mungkin juga," kata Osman ringkas sambil menganggukkan kepalanya beberapa kali tanda setuju.

Sementara itu, Ahmad sedang melawat datuknya di Lorong G. Ketika dia berada di laman rumah, Pak Agus bangun dari katil lalu pergi kepadanya. Ahmad menjadi risau lalu bergegas membantu datuknya duduk di atas kerusi rihat kegemarannya.

"Kenapa Atuk bangun?" tanya Ahmad sambil membantu orang tua itu duduk di kerusi.

"Atuk hendak minum air?" tanya Ahmad lagi.

"Tidak payah. Atuk ingin duduk berbual dengan kau." Pak Agus beritahu dengan selamba.

"Apa fikiran kau tentang perpisahan kita dari Malaysia?" tanya Pak Agus setelah lama membetulkan duduknya.

"Mengejutkan. Tidak sangka sama sekali kerajaan pusat akan mengambil tindakan ini," jawab Ahmad dengan nada perlahan.

"Hmm... Atuk sudah sangka dari dahulu lagi," kata Pak Agus mengongsi pendapatnya dengan cucu kesayangannya.

"Macam mana tu, Tuk?" tanya Ahmad dengan kehairanan.

"Kau tidak baca surat khabar? Hampir setiap hari ada sahaja berita tentang perselisihan mereka." Pak Agus berkata dengan sinis.

"Atuk hendak tanya kepada kau satu soalan, Mat. Apa PAP tidak tahukah dasar Kuala Lumpur tentang hak bumiputra semasa Singapura memasuki Malaysia dahulu?" tanya Pak Agus seperti seorang detektif yang sedang melakukan siasatan.

"Pemerintah PAP mahukan dasar meritokrasi diteruskan seperti yang dilaksanakan di Singapura. Kerajaan pusat sebaliknya mahu ditukarkan dengan dasar pro-bumiputra. Masing-masing fikir dasar pihak pemerintahan mereka lebih menguntungkan," jawab Ahmad sebagai memberikan pandangannya.

"Nah sekarang ini, kita terkontang-kanting dibuatnya," kata Pak Agus seolah-olah berputus harapan.

"Tuk, jangan mudah kecewa dengan keadaan sekarang. Mungkin ini untuk kebaikan bagi kedua-dua negara." Ahmad bersuara dengan harapan Pak Agus tidak akan naik berang.

"Bagi saya, kita sepatutnya ambil peluang ini untuk bangunkan negeri kita. Kita majukan negeri ini supaya jangan menjadi beban kepada rakyatnya," tambah Ahmad lagi.

Pak Agus berdiam diri sambil memikirkan pendapat cucunya itu. Dia terharu dengan sikap Ahmad dan berasa malu dengan sikapnya sendiri yang mudah putus harapan itu. Sebagai orang yang lebih banyak makan garam, dia sepatutnya berlakuan seperti cucunya itu.

"Mudah-mudahan, kita tidak berpatah arang berkerat rotan," kata Pak Agus kemudian.

"Atuk hanya risaukan masa depan orang Melayu di Singapura termasuk kau dan anak-anak kau,"tambah Pak Agus.

"Semasa dalam Malaysia, kita terjamin. Sekarang ni, tidak tahulah," mengeluh Pak Agus memikirkan hal tersebut.

"Kita tengok sahajalah, Tuk. Kalau pemimpin kita benar-benar bertanggungjawab dan waras, mereka tidak akan mengabaikan masyarakat kita." Ahmad berkongsi tentang masa depan masyarakat Melayu di Singapura.

Beberapa bulan kemudian, satu usul telah dikemukakan di Parlimen Singapura untuk membincang dan menpersetujui perlembagaan baharu negara ini. Antara lain, perlembagaan baharu ini mengiktiraf kedudukan khas masyarakat Melayu sebagai penduduk asal di Singapura. Pengiktirafan ini termaktub di dalam *Part XIII General Provisions, Minorities and special position of Malays, Section 152.* Butirannya adalah seperti berikut ini:

> *"The Government shall exercise its function in such manner as to recognise the special position of the*

Malays, who are the indigenous people of Singapore, and accordingly it shall be the responsibility of the Government to protect, safeguard, support, foster and promote their political, educational, religious, economic, social and cultural interests and the Malay language."

Usul ini kemudian diterima dan dipersetujui oleh Parlimen Singapura pada tanggal 22 Disember 1965. Berikutan ini, Encik Yusof Ishak dilantik menjadi Presiden Republik ini yang pertama.

Dalam keadaan yang tidak menentu lagi mencabar ini, keluarga Ahmad ditimpa satu peristiwa sedih apabila Pak Agus meninggal dunia. Dia berusia 73 tahun. Ramai orang datang ke rumah di Lorong G ketika jenazahnya hendak dikebumikan. Mereka datang sebagai tanda hormat mereka ke atas sumbangan beliau kepada masyarakat. Disebabkan latar belakangnya sebagai seorang penulis ternama, surat khabar tempatan turut menyiarkan berita kematiannya itu.

Sulaiman dan Hassan dapat mengetahui berita tentang kematian Pak Agus melalui surat khabar pada keesokan hari. Masing-masing sedekahkan Surah Al-fatihah ke atas roh arwah setelah membaca berita tersebut. Hati mereka turut berasa sedih bersama Ahmad yang mereka kenal sejak kecil lagi.

"Maafkan aku tidak dapat hadir dipengkebumian datukmu, Mat." Sulaiman berkata seolah-olah dia berada di sisi Ahmad.

"Aku tahu kau sedang sedih sekarang. Aku tahu kau memang rapat dengan Pak Agus," kata Sulaiman lagi.

"Moga-moga rohnya diberkati oleh Tuhan," doa Hassan pula dirumahnya setelah habis membaca berita kematian Pak Agus di surat khabar.

Pada malam ketujuh arwah pulang ke rahmatullah, majlis tahlil diadakan di rumah Pak Agus di Lorong G. Ahmad bersama bapa dan ahli keluarganya yang lain mendahului bacaan tahlil itu. Setelah selesai, Ahmad memasuki bilik datuknya untuk mengasingkan dirinya buat seketika. Dia terus duduk di tempat meja kerja dengan fikiran yang kosong. Hatinya masih hiba kehilangan orang yang amat dihormatinya. Dia hanya duduk di situ dan bermenung sahaja.

Tiba-tiba fikiran Ahmad melayang kembali kepada perbualannya dengan majikannya, Mr Tan tempuh hari yang lalu. Entah kenapa, tajuk perbualan itu kekal di akal fikirannya.

"*Are you satisfied with the Constitution?*" tanya Mr Tan kepada Ahmad setelah mereka habis bermesyuarat.

"*You mean on Section 152?*" tanya Ahmad kembali inginkan kepastian.

"*Yes. On the special position of the Malays in Singapore.*" Mr Tan beritahu dengan selamba.

"*Of course. We are the indigenous people.*" kata Ahmad dengan separuh yakin.

"*If I were you, I wouldn't rely on that too often. You should instead be less reliant on it.*" Mr Tan mengongsi pendapatnya.

"*Look, I don't mean to be insensitive. But, what good is it if you can't get food on your table?*" tambah Mr Tan.

Hati Ahmad terpegun dengan ketangkasan majikannya meninjau sesuatu perkara. Di sudut hatinya, dia turut bersetuju dengan kenyataan yang dibuat oleh Mr Tan.

"Ada benar juga kata-kata Mr Tan itu," bisik Ahmad dihatinya.

"Hak yang diiktiraf itu tidak akan memberi makna jika masyarakat Melayu tidak meningkatkan martabat hidup mereka," kata Ahmad lagi.

"Tetapi macam mana harus aku lakukan ini? Macam mana hendak bantu masyarakat aku?" fikir Ahmad sendiri.

Kemudian, Ahmad tersedar dari khayalannya apabila dia ternampak satu fail yang tertera dengan tajuk 'Karangan Puisi' di satu sudut di atas meja Pak Agus. Hatinya menjadi curiga lalu mengambil fail itu dan membuka isi kandungannya.

Setelah lama membelek beberapa coretan kertas di dalam fail itu, Ahmad ternampak sekeping kertas yang mengandungi sebuah sajak dan ia bertarikh 1 September 1965. Hati Ahmad menjadi bertambah curiga untuk membacanya. Lalu dia pun membetulkan tempat duduknya dan membaca dengan perlahan:

> Aku lahir di bumi mu yang suci
> Di belai kasih mu
> Di didik asuh mu
> Aku erti hidup kerana mu, ibu pertiwi
>
> Kau punya sejarah yang bergelora
> Segala suka dan duka
> Segala tangisan
> Kau ada bersama anak-anakmu
> Kau wujud dalam hidup kami

Ayuh
Kita bina masa depan murni
Kita cipta kehidupan sejagat
Kita meniti satu impian
Biar lambat,
Asalkan selamat

Biarlah
Mereka ketawakan kita
Mereka herdik kita
Mereka terlupa
Hidup ini bukan sehari
Juga bukan sendiri

Kita tingkatkan
Martabat bangsa dan negara
Di persada dunia

Setelah habis membaca sajak itu, Ahmad tersenyum sendirian. Hatinya senang setelah membaca sajak tersebut. Dia gembira kerana datuknya ada menaruh harapan terhadap masa depan Singapura walaupun ada banyak cabaran yang akan dihadapinya kelak.

"Atuk rasa senang hati dengan pemerintahan Singapura. Perlembagaan kita telah menjamin kedudukan Melayu di Singapura. Aku dapat rasa keyakinannya akan masa depan orang Melayu," bisik hati Ahmad.

"Kini, terpulanglah kepada aku dan generasiku untuk memenuhi cita-cita itu." kata Ahmad pada diri sendiri di dalam bilik arwah datuknya.

"Aku akan berikan masyarakat aku satu inspirasi untuk membantu mereka berjaya," kata Ahmad dengan yakin.

"Ya. Satu inspirasi," janji Ahmad pada diri sendiri.

Bab Sembilan

Berita tentang perpisahan Singapura dengan Malaysia tidak diterima baik oleh masyarakat Melayu di Singapura. Ada antara mereka yang memang curiga dengan kesungguhan pemerintah PAP untuk bekerjasama dengan kerajaan pusat di Kuala Lumpur sejak dari mula lagi. Ini disebabkan perselisihan yang sering terpapar di muka surat khabar pada hampir setiap hari antara kedua belah pihak. Ada pula kesal dengan kesudahan ini kerana masyarakat Melayu kini kehilangan status sebagai kaum majoriti di negeri sendiri. Ada juga yang tidak tahu apa yang harus mereka lakukan selanjutnya. Persoalan-persoalan seperti 'Apa akan terjadi dengan kita sekarang?", "Pada siapa harus kita diberikan taat setia?' dan 'Bagaimana hendak mempertahankan martabat kita di Singapura?' kerap dibincangkan oleh orang Melayu selepas perpisahan.

Dalam keadaan masyarakat Melayu Singapura mencari huraian terhadap perkara-perkara itu, mereka menerima satu lagi tamparan apabila kerajaan Malaysia pada bulan April 1966 mengarahkan kesemua pergerakan masuk ke negara itu dari Singapura memerlukan paspot terhad. Berita ini menyayatkan hati bukan sahaja kepada masyarakat Melayu yang kebanyakannya mempunyai saudara-mara di Malaysia tetapi juga lain-lain kaum yang menetap di Singapura.

"Bagaimana dengan kau, Man?" tanya Hassan kepada Osman setelah mereka keluar dari *mess hall* untuk menerima taklimat tentang penguatkuasaan paspot terhad oleh kerajaan Malaysia.

"Aku ikut arahan. Kalau perlu ada paspot itu, aku akan ikut. Kita jangan cuba langgar peraturan mereka," jawab Osman tentang peraturan terbaharu itu.

"Aku pun begitu juga," sambut Hassan mengongsi pendapatnya. Dia berkata dengan suara yang perlahan seperti memikirkan sesuatu perkara.

"Adik-beradik dan keluarga aku sememangnya di Singapura," kata Hassan dengan tenang.

"Sebaliknya, kesemua ahli keluarga isteri aku berada di Johor. Dia sedih apabila mendengar berita tentang paspot itu," tambah Hassan sambil teringatkan isterinya menangis tersedu-sedu ketika mereka membincangkannya tempoh hari lalu.

"Keputusan memisahkan Singapura dari Malaysia langsung tidak mengambil indah tentang perhubungan keluarga yang telah lama wujud di antara kedua buah Negara," kata Hassan lagi.

"Aku faham perasaan kau sebab tidak mudah untuk berpisah dengan keluarga apalagi kalau dipaksa berjauhan di mata." Osman beritahu kepada Hassan.

"Kepentingan politik selalu melebihi keperluan tali persaudaraan," ulas Osman.

"Bila kau hendak buat paspot terhad itu?" tanya Osman setelah dia teringatkan hal tersebut.

"Ini yang payah bagi aku. Keluarga aku besar dan mereka semua perlukan paspot terhad itu untuk masuk ke Malaysia." Hassan mengeluh.

"Tapi buat tetap buat. Aku tidak hendak anak-anak aku lupa kepada datuk dan nenek mereka di Senai," tambah Hassan mengingatkan tanggungjawabnya dalam mendidik anak-anak supaya mengikut ajaran ugama dan budaya orang-orang Melayu.

"Aku puji tindakan kau, San," kata Osman dengan memuji Hassan.

"Tali silaturrahim itu tidak boleh diputuskan," beritahu Hassan mengingatkan temannya itu akan ajaran agama mereka.

Osman kemudian berbisik perlahan ke telinga Hassan mengenai peristiwa rusuhan di Shenton Way yang melibatkan rekrut-rekrut baharu dalam angkatan tentera Singapura. Rusuhan itu berlaku apabila terdapat pertukaran polisi dalam pengambilan rekrut baharu justeru itu terdapat salah faham dalam menguat-kuasakannnya. Polisi baharu ini bertujuan untuk mengimbangi bilangan askar Melayu di dalam angkatan tentera Singapura tetapi disebabkan ia dikuatkuasakan tanpa bersikap sensitif oleh pegawai tinggi tentera maka rekrut-rekrut tersebut merasa teraniaya apabila diberhentikan kerja. Akibatnya mereka memberontak menuntut keadilan.

"Ini masalah penguatkuasaan, bukan penindasan." kata Hassan sambil memandang ke arah temannya, Osman.

"Yang di buang kerja ialah mereka yang berasal dari Malaysia. Mereka yang duduk di Singapura diterima masuk." tambah Hassan menerangkan keadaan.

"Aku dengar PM sendiri masuk campur untuk meredakan keadaan," ujar Osman perlahan.

"Sudah sememangnya. Ini kesilapan dalam menguatkuasakan arahan yang cukup sensitif. Kalau tidak dikendalikan dengan betul maka padahlah," beritahu Hassan akan pendapatnya tentang kejadian tersebut.

"Aku rasa lama-kelamaan polisi baharu ini akan mengancam kedudukan kita, yakni orang lama dalam SIR. Kita pun akan diberhentikan kerja nanti," tambah Osman dengan nada risau.

"Usah kau fikir jauh. Sekarang ini kita kerja dengan jujur dan ikhlas, sudah cukup!" kata Hassan dengan harapan menenangkan fikiran temannya itu.

"Aku dengar Tunku Abd Rahman ada membuat tawaran kepada askar-askar Melayu di dalam SIR untuk mengambil tanah murah di Johor sebagai ganjaran. Kau ada dengar, San?" tanya Osman.

"Tanah di Johor sebagai ganjaran," berbisik Hassan di hatinya yang kini menjadi curiga.

"Kalau sudah ambil, hendak buat apa pula?" Hassan bertanya kepada dirinya sendiri.

"San, kau tidak nak ambil tawaran itu?" tegur Osman setelah Hassan lama berdiam diri. Dia tak sabra hendak mengetahui pendapatnya itu.

"Tidak. Buat apa diambilnya, aku bukan peneroka," jawab Hassan pendek.

Beberapa ketika kemudian, Hassan teringatkan pengorbanan yang dibuat oleh dirinya dan teman-teman lain dari SIR. Bagi dirinya, dia telah dihantar ke Tawau, Sabah sebagai komitmen Singapura terhadap ancaman Indonesia kepada Persekutuan Malaysia. Dia pergi dengan hati yang berat kerana meninggalkan isteri dan anak-anak yang masih kecil dan remaja. Hatinya risau meninggalkan mereka lebih-lebih lagi apabila ada khabar angin mengatakan askar-askar Indonesia tidak mempunyai belas ikhsan terhadap musuh mereka.

Hassan juga teringatkan kisah teman-temannya yang terkurban di Kota Tinggi. Ketika itu, mereka dihantar ke Labis setelah ada berita mengatakan komando Indonesia telah mendarat di sana. Dalam satu pertempuran di situ, pasukan komando Indonesia tersebut berjaya membunuh dua teman Hassan dari lain *Company*. Dia dan pasukannya kemudian dihantar ke tempat kejadian itu untuk mempertahankan kedudukan tentera Singapura. Di sini, mereka berjaya menawan beberapa komando Indonesia tersebut.

"Kenapa kamu serang kami?" tanya salah seorang teman Hassan kepada seorang komando Indonesia ketika di dalam tahanan.

"Maaf, pak. Jangan bunuh saya," pinta komando tersebut. Dia kelihatan kurus tinggi dan mempunyai potongan rambut 'crew-cut'. Raut wajahnya seperti orang yang sering dalam ketakutan.

"Kenapa kamu bunuh kawan saya?" soalan itu diulangi dengan nada marah.

"Kami hanya ikut arahan, pak," jawab tawanan tersebut seolah-olah meminta belas ikhsan dari lawannya.

"Kamu Islam?   Kenapa bunuh sesama Islam?" tanya teman Hassan kepada tawanan itu.

"Kami hanya ikut arahan dari atas, pak," jawab tawanan itu mengulangi keterangannya tadi.

Kemudian Hassan tersedar ingatannya lalu berpaling kepada Osman yang sedang asyik membaca suratkabar.

"Kau ingat tentang komando Indonesia yang ditawan dulu?" tanya Hassan kepada Osman sambil meletakkan tangan ke bahu temannya itu.

"Dia betul-betul dalam ketakutan ketika dalam tahanan." Hassan beritahu akan pendapatnya tentang tawanan itu.

"Hairan aku, macam mana mereka boleh jadi takut tetapi sebelum itu berani bunuh orang."   Osman bertanya dengan penuh muskil.

"Aku dengar mereka kononnya diberikan tangkal supaya menjadi kebal.   Sebab itu mereka ini garang." Hassan berkata tentang khabar angin yang didengarinya dahulu.

"Kenapa mereka sanggup bunuh sesama Islam?" Osman bertanya lagi seolah-olah dalam kebingungan.

"Apa yang hendak dibinggungkan?   Dia hanya ikut perintah dari ketuanya.   Kita ini musuh mereka," jawab Hassan kepada soalan Osman.

"Bagi aku, Man.   Agama itu memang penting.   Tetapi yang lebih penting ialah ketua atau pemimpin kita," kata Hassan mengongsi pendapatnya.

"Kalau kita mempunyai ketua yang bertanggungjawab, mereka akan menjaga kita dengan baik. Sebaliknya, kalau kita dapat ketua yang pentingkan kedudukan tanpa hiraukan masa depan pengikut atau rakyatnya, maka musnahlah masyarakat itu,"kata Hassan dengan sungguh-sungguh.

"Kita ini bagaikan alat permainan bagi mereka sahaja," jelas Hassan lagi.

"Untung sabut timbul. Untung batu tenggelam. Nasib masing-masinglah!" sambut Osman setelah ucapan Hassan tadi.

Pada bulan Ogos 1966, Jenderal Suharto, seorang panglima tentera yang mengambil alih pemerintahan daripada Presiden Sukarno di Indonesia pada 1 Okt 1965 telah mengistiharkan tamatnya Perang Konfrontasi dengan Malaysia. Berita ini disambut baik oleh kesemua pihak termasuk di Malaysia, Indonesia dan Singapura. Pasukan tentera Singapura pun diundurkan dari Tawau dan lain-lain bahagian di Malaysia sejurus kemudian.

Dengan berakhirnya Perang Konfontasi yang timbul akibat politik dalaman Indonesia, maka timbul pula semangat baharu bagi kesemua negara di dunia sebelah sini sehinggalah termaktubnya penubuhan ASEAN pada 8 Ogos 1967. Pertubuhan ini tidak memihak kepada mana-mana kuasa besar pada ketika itu seperti Amerika Syarikat dan Soviet Union. Di sebalik itu, ia ialah badan berkecuali dan tumpuan utamanya ialah pertumbuhan ekonomi bagi negara-negara kumpulan tersebut. Melalui ASEAN, ketua-ketua negara di Asia Tenggara akan bersemuka dan berbincang mengenai perkara-perkara semasa. Melalui perbincangan itu, ia diharapkan dapat mengurangkan ketegangan dalam menghuraikan masalah-masalah yang dihadapi mereka.

Sementara itu, Parlimen Singapura telah meluluskan satu peruntukan undang-undang bagi melaraskan pentadbiran masyarakat Islam di negara ini. Peruntukan itu yang bernama AMLA (Administration of Muslim Law Act) telah dipersetujui dan lulus pada tanggal 17 Ogos 1966.

Masyarakat Islam di Singapura pada awal 1960an dan sebelumnya mempunyai berbagai badan-badan pertubuhan agama yang membuat keputusan bagi pengikutnya. Mereka ini terdiri daripada berbagai kaum seperti Benggali, Pakistan, Bawean dan lain-lain. Melalui AMLA, badan-badan ini akan bersatu di bawah sebuah badan pentadbir pemerintah.

"Akhirnya AMLA menjadi kenyataan juga," kata Zainab setelah membacanya di dalam surat khabar Berita Harian.

"Ini semua berkat usaha gigih Peguam Negara kita, Prof Ahmad Mohd Ibrahim." Ahmad beritahu kepada orang kesayangannya, Zainab yang sedang mengemas halaman rumah.

"Kalau orang lain, mungkin ia tidak akan menjadi kenyataan," kata Ahmad mengongsi pendapatnya.

"Kenapa begitu?" tanya Zainab inginkan penjelasan daripada suaminya.

"Terdapat banyak sungguh bantahan dari pihak-pihak tertentu semasa peruntukan ini di peringkat perbincangan dahulu," tambah Ahmad mengingatkan semula pertelingkahan yang pernah berlaku dahulu sambil memuji ketekunan Prof Ahmad melaksanakan tugasnya.

"Jadi sekarang ini, kita bukan sahaja ada Mahkamah Syariah. Kita juga akan ada sebuah badan pentabdir untuk melaraskan undang-undang pentadbiran Islam di sini?" tanya Zainab meminta penjelasan daripada suaminya.

"Ya, betul. Mahkamah Syariah yang memang telah lama wujud di sini dari sejak masa pemerintahan British dahulu akan termaktub di bawah AMLA. Juga, di bawah AMLA, satu badan pentadbir iaitu Majlis Ugama Islam Singapura akan ditubuhkan bagi mentadbir hal ehwal masyarakat Islam," jawab Ahmad dengan bangga.

"Sebagai tambahan, kita juga akan mempunyai seorang ketua agama iaitu Mufti Negara yang akan memberi penerangan dan fatwa terhadap hukum-hukum Islam dari masa ke semasa," kata Ahmad lagi.

"Alhamdulillah," sambut Zainab sambil bersyukur dengan perkembangan terbaharu bagi masyarakat Melayu di Singapura.

"Abang kagum dengan Prof Ahmad ini sejak dari dahulu lagi," kata Ahmad dengan penuh semangat.

"Ketekunan dan kewibawaannya dalam melaksanakan sesuatu tugas atau tanggungjawab adalah cukup baik," tambah Ahmad lagi.

"Abang, bagaimana dengan pelajaran abang sekarang ini?" tanya Zainab tentang pengajian undang-undang yang dituruti oleh Ahmad di Universiti Singapura.

"Payah sikit. Tetapi masih tetap boleh!" jawab Ahmad dengan yakin.

"Tahun kedua ini ada banyak *assignments* nampaknya," tambah Ahmad sambil teringatkan kerja-kerja sekolahnya yang perlu dihabiskan.

"Abang kuatkan azam dan belajar sahajalah. Nanti yang senang kita juga." Zainab memberi galakkan kepada suaminya.

Ahmad menganggukkan kepalanya tanda bersetuju dengan ucapan Zainab itu. Hatinya bersyukur kerana mempunyai seorang isteri yang berhati mulia.

Bab Sepuluh

Pada pagi hari ini, Sulaiman menerima lawatan daripada isterinya, Mariani di Changi Prison. Hatinya selalu gembira menanti kedatangan orang yang amat dirindui. Setelah kian lama berpisah, perasaan rindu dan sayang kepada isterinya pun bertambah.

Sulaiman duduk di tempat yang dikhaskan untuknya di sebuah bilik jumpa. Sebentar kemudian, dia terlihat wajah isterinya datang masuk ke bilik itu. Mereka duduk bertentangan dengan dipisahkan oleh sekeping kaca gelas yang besar. Sulaiman perhatikan wajah isterinya yang kelihatan tetap berseri walaupun di makan masa.

"Ani nampak baik dan sihat." Sulaiman memulakan perbualan mereka.

"Alhamdulillah. Abang macam mana?" jawab Mariani sambil bertanya tentang khabar suaminya.

"Baik sahaja. Ani dan Milah pula? Abah dan mak di kampung?" bertanya Sulaiman kepada isterinya.

"Kami semua baik, bang," jawab Mariani ringkas.

"Tahun depan, Milah akan masuk sekolah darjah satu." Mariani beritahu tentang anak mereka yang tunggal itu.

"Ani bingunglah, bang," tambah Mariani pendek dengan wajah mukanya berkerut.

"Ani tidak tahu sama ada hendak masukkan dia ke dalam sekolah aliran Melayu atau Inggeris, bang?" kata Mariani menandakan kebingungan dia pada ketika itu.

Selepas Singapura berpisah dari Malaysia, kesemua sekolah Melayu disatukan dengan sekolah aliran Inggeris di bawah program Integrated Schools. Mereka yang mengikuti aliran Melayu akan tetap belajar dengan menggunakan bahasa Melayu sebagai bahasa perantaraan bagi semua mata pelajaran. Manakala mereka yang mengikuti aliran Inggeris akan menggunakan bahasa Inggeris sebagai bahasa perantaraan bagi setiap mata pelajaran mereka.

Penekanan terhadap bahasa Inggeris yang dilakukan oleh pemerintah Singapura adalah untuk tujuan menyatupadukan masyarakat serta pengiktirafan bahwa bahasa tersebut ialah bahasa komersil antarabangsa di mana Singapura ingin meningkatkan penglibatannya. Bagaimanapun, pemerintah Singapura tetap mengambil bahasa Melayu berserta bahasa Mandarin dan Tamil sebagai bahasa rasmi di negara ini.

"Apa pendapat abang?" tanya Mariani kepada suaminya.

"Abang rasa lebih baik masukkan dia ke dalam aliran Melayu. Dia sudah biasa dengan bahasa itu di rumah eloklah dia gunakannya di sekolah," kata Sulaiman memberikan pendapatnya.

"Tetapi, bang," kata Mariani perlahan sambil memberanikan dirinya.

"Kata teman-teman kerja Ani, mereka masukkan anak-anak mereka ke sekolah aliran Inggeris sebab senang dapat kerja nanti," beritahu Mariani dengan penuh harapan.

"Banyak syarikat-syarikat di sini yang memerlukan pekerja-pekerja yang bertutur dalam bahasa Inggeris," tambah Mariani tentang perkembangan terbaharu di Singapura.

"Apa kata abah dan emak?" tanya Sulaiman inginkan pendapat kedua orang mertuanya tentang hal tersebut.

"Mereka sama seperti abang juga. Mereka mau Milah masuk aliran Melayu supaya jangan terpengaruh dengan budaya orang lain," jawab Mariani seperti putus harapan.

Sulaiman dapat merasakan kebingunggan yang dihadapi oleh isterinya itu. Perasaan kasih terhadap isterinya bertambah ketika itu. Dia sedar isterinya mempunyai pandangan yang berlainan dalam hal ini dan terpaksa membuat keputusan sendirian.

"Ani rasa Milah perlu masuk ke sekolah aliran Inggeris untuk masa depan yang cerah baginya," kata Mariani memandang terus ke arah Sulaiman.

"Kalau begitu, Ani buatlah mana yang baik," beritahu Sulaiman kepada Mariani seolah-olah bersetuju dengan pandangannya tadi.

Sejurus kemudian masa lawatan ini pun berakhir dan Mariani terpaksa meninggalkan bilik jumpa itu. Pasangan ini mengucapkan selamat tinggal sambil bangun dari kerusi mereka dengan berat hati.

"Jangan lupa hantar surat kepada abang," beritahu Sulaiman kepada isterinya yang mengangguk-angguk kepala.

Pada tahun 1968, satu pilihan raya umum telah diadakan di Singapura. Semasa kempen pilihanraya ini, parti PAP menarik perhatian dengan kesungguhannya hendak membawa Singapura ke arah ekonomi yang moden dan kadar pekerjaan yang tinggi.

Pilihan raya ini diadakan setelah British membuat keputusan untuk mengundurkan tenteranya dari Singapura pada tahun 1971. Pada ketika itu, lebih kurang tiga puluh ribu orang tempatan yang bekerja dengan pihak British dan mereka ini dianggarkan akan kehilangan pekerjaan selepas penguduran itu nanti. Untuk mengelakkan kadar pengangguran yang tinggi, pemerintah PAP telah membuka ekonomi Singapura kepada pelaburan asing. Ini juga menukar haluan sektor ekonomi daripada bidang perdagangan sahaja kepada bidang pengilangan dan perkapalan.

Hasilnya, PAP menang kesemua kerusi Parlimen yang ditandinginya dalam pilihan raya 1968. Kejayaan cemerlang PAP ini juga termasuk di Geylang dan beberapa kawasan yang terdapat banyak masyarakat Melayu.

Sedang PAP mengecap kejayaan di Singapura atas dasar-dasar ekonomi yang moden, keadaannya berbeza di Seberang Tambak. Dalam pilihan aya April 1969, pihak pemerintah The Alliance yang didukungi oleh parti-parti berbilang kaum seperti UMNO, MCA dan MIC menerima sokongan yang berkurangan berbanding dengan parti pembangkang iaitu DAP yang kebanyakan ahlinya terdiri dari masyarakat Cina. Kemenangan tipis ini mengecewakan beberapa pihak dalam parti pemerintah manakala bagi parti pembangkang pula, kejayaan mereka memberi keyakinan pada perjuangan mereka yang meminta hak sama rata bagi semua rakyat Malaysia.

Akibatnya, satu rusuhan kaum telah berlaku di Malaysia pada tanggal 13 Mei 1969. Rusuhan di Malaysia ini memakan jiwa sebanyak seratus sembilan puluh enam orang yang kebanyakannya adalah mangsa berbangsa Cina.

Berikutan dari rusuhan ini, keadaan menjadi tegang di Singapura dengan semangat permusuhan mula wujud kembali dalam kalangan masyarakat Cina dan Melayu susulan dari rusuhan kaum tahun 1964. Akibatnya, rusuhan berlaku pada 1 Jun 1969 di kawasan perkampungan Melayu di Jalan Kayu dan Jalan Ubi. Ini diikuti dengan serangan balas terhadap kawasan perkampungan Cina di Geylang. Rusuhan-rusuhan ini menelan jiwa sebanyak empat orang dan lapan puluh orang yang tercedera. Keadaan terkawal apabila pemerintah menghantar pasukan polis dan tentera ke kawasan-kawasan kejadian tersebut.

Hasil dari siasatan polis terhadap kes-kes pembunuhan dalam rusuhan ini membuktikan terdapatnya penglibatan kumpulan-kumpulan haram Cina seperti Ang Soon Tong dan Jit It serta kumpulan Melayu Black Hawk. Mereka telah bertanggungjawab akan tercetusnya kekecohan dan pembunuhan yang berlaku semasa rusuhan. Menurut siasatan polis, kumpulan haram Cina bertindak untuk membalas dendam terhadap pembunuhan orang-orang Cina di Malaysia semasa rusuhan 13 Mei 1969. Manakala bagi pihak kumpulan haram Melayu pula, mereka menuntut dendam terhadap serangan orang-orang Cina ke atas kampung-kampung Melayu di Jalan Ubi dan Jalan Kayu pada tanggal 1 Jun dan 2 Jun 1969.

"Kumpulan-kumpulan haram ini membuat sesuka hati mereka sahaja," kata Ahmad setelah habis membaca laporan rusuhan itu di dalam surat khabar. Dia sedang berkongsi pendapat dengan Firdaus yang datang melawat di rumahnya pada petang Sabtu itu.

"Mereka ingat perbuatan mereka ini betul, barangkali agaknya?" tanya Firdaus menyambut ucapan Ahmad tadi.

"Mana betulnya kalau ia meragut nyawa orang lain. Ini cara hidup dalam hutan bukan orang bertamadun seperti kita," jawab Ahmad dengan sinis.

"Kasihan mereka yang kehilangan ahli keluarga dalam rusuhan ini," kata Zainab sambil menghidangkan minuman di atas meja.

"Sampai bila perkara sebegini akan berlarutan di negara kita?" tanya Firdaus dengan nada sedih.

"Masyarakat kita mesti berhenti menjadi umpan bagi permainan orang-orang yang tidak bertanggungjawab," kata Ahmad memberikan pendapatnya tentang keadaan masyarakat Melayu pada ketika itu.

"Kita perlukan ketua atau pemimpin yang bijak dalam memimpin," tambah Ahmad untuk menegakkan pendapatnya tadi.

"Kita juga kena berhenti menggunakan kekerasan untuk menyelesaikan masalah," kata Zainab sambil memandang kepada isteri Firdaus seolah-olah meminta persetujuan daripadanya.

Kesemua mereka yang berada di rumah Ahmad ketika itu bersetuju dengan kata-kata Zainab lalu menganggukkan kepala masing-masing dengan perlahan. Keadaan menjadi senyap seketika dengan mereka meminum air kopi yang telah dihidangkan.

"Aku rasa orang Melayu kita sudah mual dengan rusuhan seperti ini. Kau tengoklah berapa kerat yang terlibat dalam rusuhan ini," beritahu Firdaus kepada Ahmad.

"Ya, betul. Aku pun rasa begitu juga. Kita sedar kini kita ialah kaum minoriti, bukan seperti dahulu," balas Ahmad menyetujui pendapat Firdaus.

"Lagipun, pemerintah kita lebih menumpukan kepada ekonomi negara dan bukan bermain politik setiap masa. British sudah mengumumkan bahawa mereka akan mengundurkan tentera mereka di sini. Ini akan membuat ramai rakyat Singapura yang kehilangan pekerjaan nanti. Pemerintah mesti mengatasi masalah ini sebelum ia timbul," tambah Ahmad lagi.

"Aku ada terbaca satu laporan yang mengatakan bahawa pekerja-pekerja Melayu banyak terdapat di dalam tentera dan polis sahaja. Bagaimana nasib mereka nanti?" Firdaus mengongsi kerisauannya.

"Mereka terpaksa tukar fikiran mereka terhadap kerja. Mereka harus cuba pekerjaan yang lain. Kalau boleh mereka mengisi jawatan penting dan bertanggungjawab agar gaji mereka dapat menampung keluarga dengan selesa," kata Zainab dengan penuh harapan.

"Peluang untuk orang Melayu berjaya masih tetap ada. Kita mesti menaruh usaha dan percaya kepada pemerintah kita," ujar Ahmad seperti seorang ahli politik.

"Mudah-mudahan peluang yang ada ini tidak diabaikan oleh orang Melayu." Zainab berkata sambil teringatkan kelakuan anak-anak murid Melayu yang lemah dalam kebanyakkan mata pelajaran di sekolah.

"Anak-anak murid Melayu tidak banyak yang bersungguh-sungguh belajar," mengeluh Zainab.

"Mungkin mereka tidak mendapat dorongan daripada keluarga mereka. Berapa banyak ibu bapa Melayu yang menghargai pembelajaran di sekolah?" tanya Firdaus setelah lama berdiam.

"Bagi mereka, rezeki di tangan Tuhan. Namun apabila ada kesusahan, pergi minta bantuan daripada pemerintah," tambah Firdaus seolah-olah dia seorang yang mahir dalam hal-hal keibubapaan orang Melayu.

"Ini satu perkara yang harus diberi tumpuan oleh pemimpin-pemimpin kita," kata Ahmad dengan penuh semangat.

"Orang kita perlu diberi panduan dan galakan untuk menghargai peri pentingnya pelajaran. Sedangkan ini ditegaskan oleh agama Islam," tambah Ahmad lagi.

"Sambil berbual makanlah sekali kuih-kuih ini." kata Zainab menjemput tetamunya merasai hidangan kuih-muih di atas meja di mana mereka sedang berbual.

Ahmad kemudian berfikir di hatinya tentang perkara yang telah dibincangkan tadi. Dia berharap dapat mengutarakan mereka kepada pihak-pihak yang dapat membantu. Dia tidak sabar untuk melakukan demikian.

"Orang Melayu boleh berbakti kepada negara ini dan sama-sama membina masyarakat yang berjaya. Mereka juga perlu sedar akan pentingnya pelajaran dalam hidup kita," kata Ahmad lagi.

"Mudah-mudahan aku dapat berikan pandangan ini semua di suatu majlis yang bersesuaian," berdoa Ahmad di dalam hatinya.

Bab Sebelas

Pada hari Sabtu itu, Ahmad diajak oleh beberapa orang kampung untuk pergi bertemu dengan Ahli Parlimen (AP) mereka di sebuah surau di kawasan Geylang. Hatinya curiga dengan perjumpaan in kerana orang-orang kampung sebenarnya tidak mahu berganjak dari pendirian mereka untuk menyerahkan kawasan surau itu kepada pemerintah. Mereka mahu surau itu berdiri tegak walaupun kerja-kerja pembangunan semula di kawasan sekitarnya dilakukan oleh pemerintah.

Cuaca pada pagi ini amat panas sekali sama seperti hari-hari lain di bulan Februari.

"Encik Ahmad tolong dengar perbualan kami dengan Encik Rahmat. Kalau ada apa-apa yang perlu dinasihatkan, tolong berikan kepada kami nanti. Boleh?" kata Haji Sudir selaku ketua kampung dalam perbicaraan dengan AP nanti.

"Baiklah. Saya akan duduk perhatikan perbincangan ini dengan teliti," jawab Ahmad memberikan persetujuannya.

Ahmad memang sedar bahawa orang-orang kampung inginkan pihak pemerintah dengar rayuan mereka tetapi mereka juga tidak mahu dianggap melanggari undang-undang negeri. Disebabkan itulah dia diajak datang sekali oleh mereka untuk memberi nasihat sekiranya mereka berbuat demikian. Haji Sudir berumur dalam lingkungan 60an dan kelihatan seperti seorang yang jujur lagi sabar. Dia inginkan huraian tetapi bukan dengan cara terburu-buru.

Setelah lebih setengah jam menunggu, akhirnya timbul AP yang ditunggu-tunggukan itu. Dia datang seorang diri dan terus berjabat tangan dengan semua mereka yang sedang menunggunya di dewan solat di surau itu.

"Encik Rahmat, ini teman kami Encik Ahmad yang juga berasal dari Geylang tapi sekarang sudah berpindah ke Frankel Avenue," kata Haji Sudir apabila mengenalkan Ahmad kepada tetamu khas mereka.

Ahmad menghulurkan tangannya untuk berjabat tangan dengan AP tersebut. Tangannya di sambut keras oleh AP itu dengan senyuman manis dibibirnya.

"Silakan duduk," jemput Haji Sudir kepada semua yang hadir.

"Sebagaimana yang Encik Rahmat ketahui, tujuan kami menjemput tuan ke sini adalah untuk membincangkan tentang masa depan surau ini," kata Haji Sudir memulakan perbincangan mereka pada hari itu.

"Kami sebagai jawatankuasa surau amat risau dengan arahan yang dikeluarkan oleh PWD untuk berhenti menggunakan surau ini dalam masa enam bulan. Kami mahu pihak pemerintah dengar alasan kami untuk terus menggunakan surau ini yang telah wujud sebegitu lama," berhenti Haji Sudir seketika untuk menarik nafas sebelum meneruskan ucapannya.

"Ramai orang di Geylang mahu surau ini diteruskan untuk tujuan beribadah. Kami di sini mewakili mereka," tambah Haji Sudir menamatkan hujahnya.

"Terlebih dahulu, saya berterima kasih kepada Tuan Haji dan semua yang hadir. Saya faham akan kedudukan perkara tentang surau ini. Saya menghargai maklum balas dari Tuan Haji tentang kemahuan orang kampung untuk surau ini terus berdiri tegak untuk kegunaan beribadah. Saya tahu surau ini amat bermakna kepada banyak orang di sini." kata Encik Rahmat dengan penuh beradap dan sopan.

"Arahan yang dikeluarkan oleh PWD itu akan saya bawa bincang bersama ketua mereka. Namun, di sini saya ingin menyatakan bahawa ia bukan bermakna surau tidak akan dirobohkan. Saya harap hadirin semua faham tentang perkara ini," tambah AP tersebut sambil memandang ke arah mereka yang hadir itu termasuk Ahmad.

Keadaan menjadi tegang apabila kenyataan tersebut dibuat. Ramai yang membetulkan tempat duduk mereka di atas lantai itu. Ada yang memandang sesama sendiri seperti tidak puas hati.

"Kawasan di sini dan lain-lain kawasan di Geylang sedang sibuk dibangunkan semula oleh pemerintah untuk tujuan memperbaiki kehidupan orang ramai. Peluang-peluang berniaga dan bekerja akan bertambah hasil dari projek bangun semula ini," beritahu AP itu dengan harapan keadaan tenang akan timbul semula.

"Ini rumah ibadah, Encik Rahmat," kata seorang dari para hadirin itu minta penjelasan.

"Saya faham maksud awak. Masalahnya, surau ini berada di dalam kawasan projek bangun semula yang hendak dilakukan oleh PWD," jelas AP itu dengan perlahan.

"Kalau sudah diroboh, mana hendak kita sembahyang jemaah. Sembahyang berjemaah itu wajib dalam Islam," kata seorang lagi daripada mereka.

"Saya faham maksud awak. Kita akan usaha mencari ganti untuk surau ini," jawab AP itu untuk cuba menenangkan keadaan yang semakin getir.

"Apakah benar lain-lain surau di Geylang juga akan turut dirobohkan oleh pemerintah, Encik Rahmat?" tanya Haji Sudir mencari kepastian.

"Hmm... Itu memang benar," jawab AP itu ringkas.

Ahmad yang hanya memerhatikan sahaja kini berasa perbincangan telah sampai ke jalan buntu. Dia dapat memahami kerisauan penduduk kampung tentang perkembangan terbaharu ini. Di sebalik itu, dia menghargai usaha pemerintah membangun semula kawasan ini.

"Rumah-rumah kampung di sini berkelompok, dibuat menggunakan zink atap dan tidak sempurna bentuknya. Pada musim panas seperti sekarang ini, pasti bahang hangat bagi penghuninya. Jalan masuk pun tidak baik. Kalau hujan turun, banyak jalan yang lecak dan penuh dengan air," kata Ahmad pada diri sendiri.

"Sebaliknya, kalau rumah-rumah ini semua dirobohkan, ke mana pula mereka hendak tinggal?" tanya Ahmad tanpa mengetahui jawapannya.

"Tidak mudah masalah ini hendak dihuraikan," Ahmad membuat rumusan terhadap masalah yang dihadapi oleh para AP di kawasan Geylang ini. Tanpa diduga, dia pun mengongsi pendapatnya.

"Kita perlukan huraian jangka panjang untuk perkara ini," kata Ahmad dengan kesungguhan.

"Kedua-dua pihak yakni ketua kampung dan pemerintah mesti bersepakat agar masyarakat kita boleh mengecap kesenangan hidup," tambah Ahmad lagi.

"Betul itu. Saya berjanji akan membawa perkara-perkara yang dibincangkan tadi kepada Perdana Menteri. InsyaAllah, kita akan huraikan masalah ini," janji AP tadi kepada para hadirin di surau itu.

"Alhamdulillah. Kalau begitu kita tunggu dari pihak Encik Rahmat tentang perkembangan selanjutnya." Haji Sudir berkata menandakan tamatnya perbincangan hari itu.

Mereka pun bersalam tangan sambil bergerak keluar dari surau itu. Apabila tiba masa Ahmad memberi salam, AP tersebut memberi senyuman lebar.

"Jumpa lagi."kata AP Melayu itu.

Beberapa bulan kemudian, satu perbincangan telah diadakan di City Hall antara para AP Melayu dengan pemimpin-pemimpin surau di kawasan Geylang. Perbincangan ini berakhir dengan semua pihak bersetuju dengan rancangan pembangunan semula di kawasan tersebut. Sementara itu, beberapa tempat ibadah akan dibiarkan kekal seperti Masjid Aminah untuk menampung jumlah jemaah yang lebih besar. Kesungguhan para AP Melayu berusaha untuk menghuraikan masalah ini telah berjaya membendungnya dari menjadi duri dalam daging bagi masyarakat Melayu Singapura.

Di samping masalah penutupan surau, projek bangun semula kawasan-kawasan perumahan ini juga menimbulkan masalah bagi orang-orang Melayu. Mereka terpaksa meninggalkan rumah kampung mereka dan tinggal di rumah-rumah flat yang baharu dibina oleh pemerintah di kawasan perumahan seperti Bedok, Marine Parade, Telok Blangah dan Boon Lay pada awal 1970an. Pemindahan yang melibatkan beberapa ribu orang ini diikuti oleh masalah penyesuaian diri kepada suasana hidup yang baharu. Mereka terpaksa menyesuaikan kehidupan tanpa ayam itek atau tanaman sayur-sayuran di kebun. Mereka kini mempunyai jiran tetangga yang berlainan bangsa serta agama dari mereka. Ramai antara mereka yang mengambil masa yang panjang untuk menyesuaikan diri dengan cara hidup baharu ini.

Pada bulan Nov 1970, berita kematian Presiden Yusof Ishak telah mengejutkan masyarakat Melayu Singapura. Kini mereka kehilangan seorang pemimpin masyarakat yang dihormati lagi dibanggakan.

"Pak Yusof ialah seorang pemimpin yang tegas lagi cekap. Kematiannya merupakan satu kehilangan besar ibaratkan patah tumbuh hilang susah berganti," kata Hassan kepada Osman sebelum mereka berpisah pada suatu petang.

Osman hanya berdiam diri kerana fikirannya melamun jauh mengenangkan teman baiknya Hassan yang akan tamat khidmatnya dengan angkatan tentera Singapura.

"Bilakah lagi kita akan dapat seorang Presiden berbangsa Melayu?" tambah Hassan dengan nada hampa.

Osman masih tetap berdiam. Dia kemudian memandang ke arah Hassan yang mulai keluar dari kawasan kem itu.

"Jangan lupa hubungi aku nanti," Osman berkata mengingatkan Hassan supaya menghubunginya selepas itu.

Hassan dan keluarganya telah pun berpindah keluar dari *Staff Quarters* di *Queens Close* dan menetap di *Queenstown*. Berbekalkan dengan wang pampasan yang diberikan oleh SAF kepadanya, Hassan memulakan hidup baharunya. Dia berusaha mencari pekerjaan baharu di kawasan perusahaan Jurong yang terdapat banyak syarikat-syarikat tempatan dan asing yang membuka kilang mereka di sana. Dengan menggunakan skuter, Hassan bergerak dari satu kilang ke kilang lain untuk membuat pertanyaan tentang kerja kosong. Setelah beberapa bulan kemudian, dia masih belum mendapat pekerjaan baharu. Hatinya menjadi risau kerana wang di rumah semakin berkurangan manakala anak bininya perlu makanan harian mereka.

"Kenapa susah betul aku hendak dapat pekerjaan?" bertanya Hassan di hatinya.

"Aku boleh bertutur dan tulis dalam bahasa Inggeris, aku ada pengalaman kerja yang luas, aku pernah memegang jawatan sebagai *Warrant Officer* yang tidak banyak orang mampu mencapainya," kata Hassan lagi seolah-olah meyakinkan dirinya.

"Ya Allah. Begini banyak sekali kilang-kilang di Jurong, berikanlah aku satu pekerjaan untuk menampung keluarga aku," doa Hassan dengan penuh harapan.

Pada keesokan harinya, Hassan meneruskan usahanya mencari kerja di Jurong. Hatinya tergerak untuk pergi bertanya pada satu kilang tempatan yang baharu dibuka. Apabila masa untuk temu duga,   Hassan masuk berjumpa dengan *General Manager (GM)* syarikat tersebut.

"Encik Hassan, your application says you are applying for a post of a Security Guard. Is that correct?" tanya GM tersebut dengan nada tenang.

Hassan mengangguk kepalanya.   Dia mengambil keputusan untuk mencuba jawatan itu kerana rasa ia sesuai dengan pengalaman kerjanya. Lagipun, dia tidak ada lain pilihan setelah banyak menempuh kegagalan sebelum ini.

"I think you are over qualified, Encik. Based on your past experience, you cannot work as a security guard," tambah GM berbangsa Cina itu.

Perasaan hampa menyelubungi diri Hassan lagi.   Dia hanya memandang ke wajah GM itu tanpa berkata-kata.

"I tell you, what. There is a vacant post of Security Manager in this company. But I will offer you the post of an Assistant Security Manager. How?" tanya GM itu dengan nada suara yang tinggi.

"Well, do you agree to it?" tanyanya lagi.

"Of course I'll take it, Sir," jawab Hassan dengan penuh kesyukuran.

"Fine, then. You start work tomorrow," balas GM itu.

"Come and report to me in the morning." GM itu mengarahkan Hassan supaya berjumpa dengannya pada esok hari.

Hassan pulang ke rumah dengan perasaan gembira dan bangga. Berita kejayaannya mendapat pekerjaan baharu itu di kongsi dengan jiran-jirannya yang telah banyak memberinya sokongan moral sebelum ini.

Kesan dari dasar pemerintah PAP yang menggalakkan kemasukan pelaburan asing ke negara ini telah menyebabkan terdapat banyak kerja-kerja baharu di sini terutama sekali di kawasan perindustrian di Jurong. Ini berlaku walaupun British telah mengundurkan tenteranya dari Singapura pada tahun 1971 yang sekali gus menamatkan sebanyak tiga puluh ribu pekerjaan tempatan. Ramalan terhadap pengangguran berleluasa selepas British berundur tidak menjadi kenyataan.

Keadaan serupa juga berlaku semasa krisis minyak pada tahun 1973. Krisis ini terjadi kerana kenaikan harga minyak akibat dari tindakan negara-negara pengeluar minyak di benua Arab. Mereka memboikot ekonomi Amerika Syarikat dan Eropah kerana menyokong Israel dalam peperangan Arab-Israel pada tahun tersebut. Walaupun harga barang melambung naik, banyak syarikat asing tetap meneruskan perusahaan atau pelaboran mereka di sini. Akibatnya, pengangguran tidak melonjat naik semasa krisis tersebut.

Di sebalik itu, masyarakat Melayu menghadapi kesukaran dalam memenuhi keperluan harian mereka akibat dari krisis minyak tersebut. Ini disebabkan oleh gaji mereka yang kecil kerana memegang jawatan rendah atau kurang bertanggungjawab di tempat kerja mereka. Kenaikan harga barang-barang makanan membuat banyak keluarga Melayu yang berhutang untuk memenuhi keperluan mereka.

Pada keesokan hari, Sulaiman menerima lawatan dari isterinya, Mariani di Penjara Changi.

"Ani, macam mana dengan keluarga di rumah?' Sulaiman bertanya dengan keraguan.

"Kami semua baik," jawab Mariani pendek.

"Abang baca di surat khabar harga barang makan sudah naik. Betul?" tanya Sulaiman lagi meminta keterangan lanjut.

"Ya. Benar," jawab Mariani mengiyakan apa yang telah dibaca oleh suaminya di dalam surat khabar tempatan.

"Namun, nasib kita sekeluarga baik sebab tinggal di kampung. Keadaannya lain bagi mereka yang tinggal di bandar," terang Mariani.

"Ani ada juga mendengar daripada teman-teman kerja yang mengatakan banyak orang kita berhutang dengan Benggali sebab tidak cukup wang untuk membeli barang-barang makan bulanan mereka," tambah Mariani dengan nada lemah.

"Apabila cukup bulan, mereka akan bayar balik pada Benggali separuh dari gaji mereka. Kebanyakkannya pula bayar dengan bunganya sekali. Kasihan Ani tengok mereka," Mariani mengongsi perasaannya.

"Kasihan," sambut Sulaiman apabila mendengar cerita isterinya itu.

"Tapi, Ani rasa ini semua salah mereka sendiri," tambah Mariani sambil membetulkan tempat duduk di kerusi usangnya.

"Eh, kenapa Ani berkata begitu?" tanya Sulaiman kehairanan dengan kenyataan itu.

"Sebab, ada di antara mereka ini suka berpoya-poya dan berbelanja. Apabila tiba hujung minggu sahaja, banyak yang pergi berkelah atau ke majlis-majlis hiburan," jawab Mariani menerangkan pendapatnya tadi.

"Kalau yang perempuan pula, suka membeli baju one-piece ataupun mini skirt. Alat-alat solek, jangan cakap," tambah Mariani lagi.

Hati Sulaiman penuh kesyukuran kerana isterinya tidak terpengaruh dengan budaya baharu ini. Setelah lama hidup berkurung, Sulaiman tidak sangka banyak perubahan telah berlaku pada masyarakat Melayu Singapura. Lebih-lebih lagi pandangan mereka tentang maruah diri dan perjuangan hidup seperti yang didukunginya dahulu.

Kemudian, Sulaiman teringatkan berita tentang arahan berkurungnya. Lalu dia memandang ke arah Mariani dan tersenyum manis.

"Ani, abang ada satu berita tentang arahan berkurung abang," kata Sulaiman dengan perlahan.

"Apanya?" bertanya Mariani kehairanan.

"Abang ada dengar bahawa arahan itu tidak akan di tambah apabila tamat nanti," jawab Sulaiman sambil merenung terus ke wajah Mariani. Dia seolah-olah mahu melihat sendiri reaksi isterinya terhadap berita baik ini.

"Maksud abang, abang akan dibebaskan tidak lama lagi?" kata Mariani dengan ghairah.

"Ya." jawab Sulaiman ringkas tapi meyakinkan.

"Alhamdulillah. Bila, bang?" tanya Mariani inginkan kepastian.

"Besar kemungkinan pada bulan depan, tanggal 2 Julai 1974," kata Sulaiman dengan tersenyum lebar. Isterinya pun turut tersenyum sama. Kini, masa perpisahan mereka akan hampir tamat.

"Kalau begitu, kita boleh berhari raya bersama-samalah, bang." Mariani berkata sambil teringatkan musim puasa yang akan menjelang pada bulan Ogos depan.

"Tentu Milah akan gembira apabila dapat berita ini. Dari dahulu dia sudah cakap hendak beraya dengan abang." Mariani terangkan kerinduan anak mereka hendak beraya dengan ayahnya.

Sulaiman senyum gembira mendengarkan ucapan isterinya itu.

Kemudian, dia teringatkan semula tentang kesusahan yang menimpa orang Melayu akibat kenaikan harga barang makanan. Hatinya payah hendak melupakan nasib mereka.

"Ani, ada apa-apa bantuan yang diberikan oleh pemerintah untuk mereka?" tanya Sulaiman ingin tahu.

"Tidak ada. Bukan sahaja pemerintah, lain-lain badan Melayu pun tidak ada membantu," jawab Mariani selamba.

"Kasihan," sambut Sulaiman.

Hati Sulaiman berasa sedih dengan nasib orang-orang Melayu yang sebegini. Pada pendapatnya, kalau orang Melayu tidak membantu sesama sendiri, siapa pula yang akan memberi bantuan kepada mereka. Mereka mesti bersatu dan berusaha membantu sesama sendiri.

Pada tanggal 10 Disember 1974, satu perjumpaan antara Perdana Menteri Singapura dengan beberapa wakil pemimpin Melayu termasuk Presiden MUIS dan Mufti telah diadakan di Istana. Tujuan perjumpaan ini adalah untuk menghuraikan beberapa masalah yang dihadapi oleh masyarakat Melayu pada ketika itu. Masalah seperti penempatan semula di kawasan perumahan baharu dan pembinaan masjid-masjid di kawasan perumahan tersebut. Hasil dari rundingan ini, satu dana tabung telah tubuhkan yakni Mosque Building Fund (MBF).

"Apa tujuan MBF ini ditubuhkan?" tanya Firdaus semasa dia bertemu Ahmad di sebuah kedai makan di Bussorah Street.

"Dana ini diadakan supaya masyarakat Melayu boleh mendapat sebuah masjid di setiap kawasan perumahan HDB. Pemerintah akan membantu kita mengumpul wang bagi dana pembinaannya nanti," beritahu Ahmad dengan tenang.

"Pemerintah akan membenarkan para pekerja Melayu membuat sumbangan pada dana ini melalui caruman CPF mereka." Ahmad menerangkan skim baharu itu.

"Pemerintah pula akan tambah setiap dolar bagi setiap sumbangan tersebut." tambah Ahmad lagi.

"Adakah ini yang kau bincang dengan AP Melayu itu dahulu?" bertanya Firdaus inginkan kepastian.

"Kami ada berjumpa beberapa kali sebelum ini. Aku rasa mereka ada ambil kira akan perbincangan kami itu. Kalau sudah dirobohkan surau-surau, mestilah digantikan tempat-tempat sembahyang yang baharu bagi kita. Ini perkara sensitif bagi masyarakat kita," jawab Ahmad memberikan pandangannya.

"Masalahnya, masyarakat kita kurang berkemampuan dan wang itu perlu untuk membina sebuah masjid baharu," tambahnya lagi.

"Memang baik dana tabung ini. Malangnya, aku rasa ini masih belum cukup." Firdaus nyatakan dengan nada curiga.

"Apa maksud kau?" tanya Ahmad sebaliknya.

"Kau tengok sahajalah sekarang ini. Apabila harga barang naik, orang Melayu bertambah susah. Kenapa? Sebab gaji mereka kecil," kata Firdaus menerangkan pendapatnya.

Ahmad terpegun dengan kesimpulan yang dibuat oleh temannya itu. Tidak terlintas di kepalanya hendak memikirkan tentang pekerjaan orang Melayu.

"Betul juga. Kalau orang Melayu asyik memegang jawatan kecil atau kurang tanggungjawabnya, macam mana hendak dapat gaji besar?" fikir Ahmad dalam hatinya.

Setelah lama duduk berfikir, Ahmad kemudian bertanya kepada Firdaus untuk mendapatkan fikirannya.

"Apa pendapat kau tentang apa yang harus dilakukan untuk membantu orang Melayu?" tanya Ahmad dengan nada curiga.

"Bagi aku, kaulah sumber ilhamnya," jawab Firdaus pendek.

Ahmad tersentak mendengarkan ucapan temannya tadi.

"Apa maksud kau?" bertanya Ahmad kembali.

"Kau belajar bersungguh-sungguh dan akhirnya, kau berjaya. Sekarang kau bukan lagi seorang kerani tetapi seorang peguam. Tidak lama lagi, Mr Tan akan buat tawaran kepada kau untuk jadi "partner" dalam guaman kita. Betul?" kata Firdaus dengan penuh semangat bangga terhadap teman baiknya.

Ahmad mengangguk kepalanya seperti bersetuju dengan kata-kata Firdaus itu tadi. Dia terlupa akan kisah hidupnya yang mengejar cita-cita untuk berjaya dalam hidup. Dia tidak sangka segala usahanya menjadi tauladan dan semangat bagi orang lain seperti Firdaus.

"Aku berjaya sebab isteriku," berbisik hati Ahmad.

"Kalau Zainab tidak berikan sokongan, mungkin aku tidak akan berjaya seperti sekarang. Ataupun, lambat sedikit merasainya," tambah kata hatinya lagi.

"Jadi pada pendapat kau, orang Melayu mesti belajar lagi," kata Ahmad kepada Firdaus setelah lama berdiam.

Keadaan di kedai makan itu menjadi kecoh apabila seorang pemuda Melayu datang masuk. Pemuda ini kelihatan seperti separuh sedar diri dan berjalan dengan terhuyung-hayang. Dia masih berumur dalam linkungan 20an tetapi nampak lebih tua kerana badannya yang kurus melidi dan muka yang cengkung.

Seorang penjaja gerai makan kemudian menyuruh pemuda itu keluar kerana bau busuk yang datang dari tubuh dan pakaiannya yang buruk itu. Dengan perlahan-lahan, dia pun keluar meninggalkan tempat tersebut.

Firdaus menggelengkan kepalanya melihat kejadian itu sambil berkata di hati, "Inilah dia hantu moden!"

"Apa agaknya masa depan pemuda ini?" tanya Fridaus kepada Ahmad yang masih cuba memahami sepenuhnya kontek perbualannya dengan Firdaus tadi.

"Kalau banyak anak Melayu seperti ini, macam mana dengan masa depan masyarakat kita?" tambah Firdaus dengan nada marah.

"Adakah ini salah ibu bapa atau pemerintah?" tanya Ahmad sebaliknya.

Firdaus pula berdiam diri seperti Ahmad tadi. Dia tidak menyambut soalan Ahmad kerana tidak tahu jawapannya.

"Bagi aku, ia bukan satu pihak sahaja yang bersalah. Perkara begini selalunya melibatkan banyak pihak," kata Ahmad sambil mencuba berikan huraian kepada masalah tersebut.

"Ibu bapa bertanggungjawab mendidik anak manakala pemerintah membuka peluang untuk anak-anak itu berjaya." Ahmad beritahu akan pendapatnya tentang peranan yang dimainkan oleh kedua-dua pihak iaitu ibu bapa dan pemerintah dalam membesarkan anak-anak muda.

"Kalau salah satu pihak tidak melakukan tanggunjawab mereka dengan betul, maka terbantutlah perkembangan anak itu," kata Ahmad sambil mengalihkan pandangannya kepada pemuda Melayu tadi yang masih berada di muka pintu kedai.

Hati Ahmad bertekad untuk berkongsi pendapatnya itu. Dia ingin masyarakat Melayu cepat bangun dari keadaannya yang tidak sihat pada ketika itu. Bagi dia, masa untuk bertindak mestilah sekarang, bukan nanti.

Ketika Ahmad dan Firdaus sedang duduk di kedai makan itu, terdengar lagu 'Ilham Pujangga' berkumandang di radio. Lagu ini dinyanyikan oleh Ismail Harun atau nama samarannya 'Tom Jones Melayu' kerana keunggulan suara beliau yang mirip seperti penyanyi Inggeris itu. Seperti lain-lain pelanggan di kedai makan tersebut, Ahmad dan Firdaus sedang asyik menghayati lagu itu.

Senja pun menjelang masuk.

Bab Dua Belas

Pada bulan April 1975, peperangan di Indochina berakhir apabila Viet Cong berjaya menawan kota Saigon daripada tentera Vietnam Selatan. Kemenangan Viet Cong ini bermakna ia telah berjaya menyatu-padukan negara Vietnam, dan sekali gus, mengancam negara-negara yang bukan komunis di Asia Tenggara ini. Ia juga merupakan satu kemenangan psikologi bagi kuasa komunis apabila Amerika Syarikat yang menyokong pemerintah Saigon terpaksa mengaku kalah dan berundur dari rantau ini sementara China yang membantu Viet Cong semakin yakin dengan keupayaannya.

Kesan dari tamatnya peperangan tersebut dapat dirasai di Singapura. Ia terdapat dari pelbagai segi atau aspek pengalaman hidup. Dari segi politik, pengaruh komunis memuncak naik dan mengancam kestabilan negara. Pada Jun 1976, Hussain Jahidin, seorang editor di surat khabar Berita Harian telah ditahan di bawah Akta ISA kerana berfahaman pro-komunis. Ini diikuti pula dengan beberapa tangkapan dilakukan oleh pemerintah Malaysia atas sebab-sebab yang sama. Mereka ini termasuklah A. Samad Ismail, salah seorang pengasas parti PAP tetapi telah menetap di Kuala Lumpur selepas perpisahan pada tahun 1965.

Penangkapan editor Berita Harian ini menjadi isu hangat yang dibincangkan oleh masyarakat Melayu. Mereka tidak sangka masih ada terdapat orang di Singapura yang memegang fahaman komunis di tengah-tengah kemajuan ekonomi yang telah di capai oleh Singapura.

"Apa halnya orang Melayu memegang fahaman komunis," kata Hassan kepada Osman apabila mereka berjumpa di Geylang Serai pada suatu petang.

"Terang-terang fahaman komunis tidak mempercayai Tuhan dan agama," tambah Hassan dengan penuh hairan.

"Mereka percaya sangat dengan ideologi songsang itu," sambut Osman setelah habis Hassan berucap tadi.

"Sudah terang pemerintah Singapura telah berjaya menarik pelaburan asing masuk ke negeri dan mencapai kadar pekerjaan yang penuh. Semua orang ada kerja, ada rumah, dan lain-lain lagi. Inikan dia hendak jatuhkan pemerintah Singapura?" berucap Osman dengan semangat.

"Sebab itu ugama itu perlu. Kita mesti banyak bersyukur kepada Tuhan dengan keadaan kita di Singapura," kata Hassan mengongsi pendapatnya.

"Orang yang tidak beragama, dia tidak tahu bersyukur dengan apa yang dia ada," tambah Hassan lagi.

"Kau percaya orang Melayu perlu ada agama untuk berjaya?" bertanya Osman kecurigaan.

"Islam sudah sebati dengan orang Melayu," jawab Hassan dengan penuh yakin.

Osman mengangguk kepalanya tanda bersetuju dengan ucapan Hassan itu tadi.

Selepas pengunduran Amerika Syarikat dari Vietnam, terdapat banyak syarikat-syarikat milik mereka seperti *Texas Instrument, General Electric* dan *IBM* telah menarik balik pelaburan mereka di sini. Akibatnya, pemerintah Singapura terpaksa menoleh ke arah lain dan menggalak syarikat-syarikat milik Jepun untuk datang melabur di sini. Dari itu, terdapat ramai orang Melayu yang bekerja di kilang-kilang syarikat Jepun seperti *National Semiconductor, Panasonic,* dan lain-lain lagi. Ada juga di antara mereka ini yang dihantar ke Jepun untuk belajar cara-cara pekerja Jepun melakukan tugas di sana. Pengalaman menimba pelajaran ini membuka peluang kepada ramai orang Melayu untuk memegang jawatan yang tinggi dan bertanggungjawab di dalam syarikat jika dibandingkan dengan keadaan mereka di dalam syarikat-syarikat milik Amerika Syarikat dan Eropah.

Di peringkat sosial, masyarakat Melayu Singapura mula berdepan dengan satu masalah yang rumit lagi leluasa. Masalah penyalahgunaan dadah di kalangan anak-anak muda berpunca dari pengaruh budaya pop di Amerika Syarikat dan Eropah pada awal abad 1970an. Penyalahgunaan dadah ini terdapat berbagai jenis seperti pil MX, ganja dan heroin. Jenis dadah yang terakhir inilah yang merupakan kegemaran ramai dan ia mempunyai kesan yang paling buruk. Penyalahgunaan dadah ini merangkumi hampir kesemua kawasan perumahan di Singapura. Malangnya, bilangan anak-anak Melayu yang terlibat dalam penyalahgunaan dadah ini amat tinggi jika dibandingkan dengan lain-lain kaum pada peringkat nasional.

"Abang hendak ke mana?" tanya Mariani kepada Sulaiman yang sedang bersiap sedia untuk keluar rumah pada pagi itu.

"Abang hendak pergi jumpa Mail di warung hujung kampung sana," jawab Sulaiman sambil menyinsingkan lengan bajunya.

"Ani tidak pergi kerja hari ini?" tanya Sulaiman kembali. Sejak dia keluar dari penjara, Sulaiman masih belum mendapat pekerjaan. Disebabkan arahan kawalan yang ketat dikenakan kepadanya, Sulaiman susah hendak mendapat pekerjaan untuk dirinya. Arahan itu memerlukan dia berada di rumahnya pada setiap malam. Sulaiman teramat akur dengan perintah tersebut kerana sudah serik duduk berjauhan daripada keluarganya.

"Ani masuk petang," jawab Mariani yang berada di dapur sambil menyiapkan makan tengahari. Anak mereka, Milah telah pergi ke sekolah pada hari itu.

"Baiklah. Abang keluar sekejap. Tengahari nanti abang balik makan." Sulaiman beritahu dengan nada tenang.

Kampung Wak Hassan di Sembawang ini masih lagi jauh dari segala arus perubahan yang pesat berlaku di Singapura pada ketika itu. Walaupun setiap rumah ada mempunyai televisyen, kawasan persekitaran kampung itu tetap seperti dahulu. Pokok kelapa, pokok rambutan dan lain-lain tanaman terpacar liar di setiap sudut sementara jalan masuk keluar kampung masih lagi jalan tanah pasir. Ayam itek berkeliaran mencari makan di sana sini. Angin dingin dari Seberang Tambak sentiasa meniup masuk memukul ke wajah-wajah yang bertandang ke situ.

Suasana nyaman sebegini membuat Sulaiman berasa amat bersyukur sejak dia keluar dari penjara. Kalau boleh dia tidak mahu ia berubah nasibnya yang sekarang.

"Man, lama aku tunggu kau di sini," kata seorang lelaki Melayu berumur lewat 40an kepada Sulaiman yang mula timbul di warung itu.

"Siang kau balik dari laut pagi ini?" bertanya Sulaiman kepada Ismail, teman kampungnya.

"Hari ini, tidak banyak ikan. Mungkin besok lebih baik," jawab Ismail sambil meniup asap rokok keluar dari rahang hidungnya.

"Jadi kau hendak ikut aku besok pagi?" tanya Ismail kembali.

"Untung-untung dapat lebih, kita boleh kongsi." tambah Ismail dengan nada jujur.

"Kita jual tangkapan kita di restoran dekat *Sembawang Shipyard*. Ah Chong tu baik orangnya. Dia beli dengan harga yang memadai," Ismail beritahu tentang jualan yang dibuatnya setelah membuat tangkapan harian.

"InsyaAllah. Tapi aku belum beritahu Ani lagi," beritahu Sulaiman dengan nada risau.

"Baguslah. Kata pasangan baharu," kata Ismail sambil berseloroh.

Perbualan mereka terhenti seketika apabila Sulaiman nampak Rustam berdiri di luar warung itu. Dia juga perhatikan Rustam ada bersama seorang pemuda lain. Kelakuan mereka mencurigakan apabila mereka menukar barang di tangan. Sulaiman bangun dari bangkunya lalu hendak pergi kepada Rustam. Tangan Ismail menepuk bahunya.

"Baik-baik Man. Mereka itu ada barang haram," nasihat Ismail kepada Sulaiman.

Hati Sulaiman tertanya-tanya hairan sebab tidak sangka boleh terdapat kejadian sebegini di kampung mereka, tempat kediamannya. Namun, dia cekalkan hatinya dan bergerak menuju di mana Rustam sedang berdiri.

"Tam, apa kabar?" tanya Sulaiman pada teman lamanya.

"Eh, Bang Man! Apa macam?" sahut Rustam kembali. Mereka kemudian berjabat tangan sambil tersenyum gembira.

"Bila kau keluar?" tanya Sulaiman kepada Rustam.

"Tiga bulan selepas abang," jawab Rustam yang masih tersenyum lagi.

"Kalau begitu, sudah hampir dua tahunlah." Sulaiman mengingatkan temannya itu.

"Apa abang buat sekarang?" tanya Rustam kembali.

"Tidak ada apa-apa. Susah hendak dapat kerja," jawab Sulaiman dengan nada hampa.

"Kau, macam mana?" tanya Sulaiman kembali.

"Sama juga, bang," jawab Rustam.

"Kenapa dia orang lepaskan kita tetapi tidak bantu selepas itu?" keluh Rustam mengongsi kehampaannya dengan keadaan dirinya ketika itu.

"Maksud kau, pemerintah?" kata Sulaiman inginkan penjelasan dari Rustam yang membalas dengan mengangguk kepala. Mereka berdua masih lagi berdiri di hujung kedai makan itu.

"Mereka ada banyak masalah yang lebih penting untuk diuruskan. Kita kena pandai-pandai uruskan hidup kita sendiri," jawab Sulaiman menerangkan.

"Lagipun, kita semua ada keluarga. Mereka tidak bantu kau?" tanya Sulaiman tentang hidup Rustam selepas dibebaskan dari penjara.

"Mak bapak Tam, orang miskin. Adik beradik sibuk dengan keluarga mereka sendiri. Siapa hendak beri makan tiap-tiap hari? Ini pun kadangkala tidak ada makanan di rumah." Rustam beritahu perihal hidupnya.

"Pemerintah tidak boleh lepas tangan," keluhan Rustam terdengar kuat seolah-olah dia berasa marah.

"Kalau kau tidak bekerja, siapa yang bantu kau sekarang ini?" tanya Sulaiman lagi.

"Adalah kerja-kerja sikit, tolong kawan," jawab Rustam malas untuk menerangkan.

"Macam tadi?" tanya Sulaiman sambil merenung ke muka Rustam. Renungan ini sungguh tajam sehingga Rustam dapat merasakan tusukannya.

"Tidak ada salah, apa?" kata Rustam seperti mempertahankan dirinya.

"Budak itu hendak beli, kita jual," tambah Rustam.

"Masalahnya, kau jual apa, Tam? Kalau barang salah yang kau jual, maknanya itu satu kesalahan. Kau nanti diheret masuk balik ke dalam penjara." Sulaiman mengingatkan Rustam akan kelakuannya itu.

Setelah diam seketika, Sulaiman meneruskan perbualan mereka.

"Kau jual apa, Tam? Heroin? Ganja?" tanya Sulaiman dengan nada keras.

Rustam memandang ke bawah lalu menjawab soalan itu dengan perlahan.

"Duit jualan itulah Tam gunakan untuk makan seharian. Bang Man, faham?" jawab Rustam dengan nada sedih.

"Berhentikan, Tam. Aku tidak mahu kau jual barang haram itu lagi," nasihat Sulaiman kepada teman mudanya itu.

"Tidak boleh, bang. Duitnya bagus!" beritahu Rustam sambil tersenyum.

Sulaiman faham dengan keadaan Rustam yang terdesak memerlukan wang untuk terus hidup. Namun, hatinya berat untuk biarkan temannya itu terus melakukan perbuatan salah itu. Lebih-lebih lagi kesan dari mengambil dadah itu amat padah. Sulaiman tidak sanggup membiarkan anak-anak muda terjebak ke dalam kancah dadah.

"Jangan, Tam. Kau jangan jual barang itu lagi. Jangan kau bawa barang itu di kampung ini," kata Sulaiman dengan penuh semangat.

"Kalau kau tidak mahu dengar cakap aku, nanti aku bantai kau," tambah Sulaiman memberi amaran kepada Rustam, orang yang dianggap seperti adiknya sendiri.

"Tidak boleh, bang. Di sini ada banyak pelanggan. Kawan saya sudah tahu," jawab Rustam meminta Sulaiman faham akan kedudukan perkara.

"Aku tidak kisah." Sulaiman berkata sambil menyeluk saku seluar Rustam lalu mengambil keluar beberapa paket plastik berisi serbuk putih. Dia kemudian melemparkan barang tersebut ke tanah dan memijak dengan kakinya.

Rustam terpegun dengan kelakuan Sulaiman tadi. Setelah sedar, dia dengan cepat menolak kaki Sulaiman untuk dapatkan kembali paket-paket tersebut.

"Bang Man, kenapa?" tanya Rustam sambil menolak kaki Sulaiman.

"Ini barang berharga. Siapa hendak bayar balik?" pekik Rustam kuat memarahi Sulaiman. Dia masih lagi mencari kalau-kalau ada paket yang belum rosak akibat dipijak Sulaiman.

Kedua orang itu kemudian saling tolak-menolak sesama sendiri sehingga dipisahkan oleh Ismail yang datang membantu meleraikan mereka. Ismail menggunakan kedua tangannya menarik Sulaiman pergi jauh dari Rustam.

"Kau bilang sama kawan kau, selagi Sulaiman ada, barang haram ini tidak boleh masuk ke kampung kita. Aku tidak hendak kampung ini jadi rosak. Faham?" beritahu Sulaiman dengan nada penuh marah. Hatinya luka melihat perbuatan Rustam yang tidak bertanggungjawab. Lalu dia pun beredar dari situ bersama Ismail.

"Bawa bertenang, Man." kata Ismail kepada Sulaiman apabila mereka telah berada jauh dari Rustam.

"Barang haram itu akan merosakkan anak-anak muda kampung kita. Aku tidakkan biar ini terjadi," sambut Sulaiman yang masih lagi marah.

"Memang betul itu. Anak jiran rumah aku sudah lama terjerat dengan barang ini. Mak dan bapa dia tidak tahu apa hendak dibuat. Siang malam anak mereka hendakkan barang itu. Sedih," kata Ismail mengongsi pengalaman jirannya.

"Ada lagi seorang jiran, anaknya mati ketagih dadah. Dia baharu berumur awal 20an," tambah Ismail lagi.

"Sayang sekali. Hidup mereka diibaratkan kosong tidak bermakna," kata Sulaiman dengan sedih.

Disebabkan masalah penyalahgunaan dadah semakin meluas di Singapura di sepanjang tahun 1970an maka pemerintah telah mengusulkan undang-undang baharu yakni *Misuse of Drug Act* pada tahun 1973. Malangnya, ia tidak dapat menghambat dari merebaknya penyakit sosial ini. Kemudian pada 1 April 1977, pemerintah melancarkan *Operation Ferret*. Ini bertujuan untuk membasmi penyalahgunaan dadah dengan menangkap para pengguna serta penjualnya dan memasukkan mereka ke dalam pusat pemulihan dadah di Sembawang DRC (*Drug Rehabilitation Centre*).

Apabila operasi tersebut berakhir pada November 1977, lebih kurang lima ribu penagih dan penyalahguna dadah telah dihantar ke pusat pemulihan di Sembawang DRC. Dianggarkan lebih kurang empat puluh tujuh peratus mereka yang dimasukkan ini terdiri dari kaum Melayu.

Beberapa minggu kemudian, ketika Sulaiman sedang dalam perjalanan pulang ke rumahnya, dia terserempak dengan sekumpulan orang lelaki yang mencarinya. Mereka bukan dari kampung ini kerana dia tidak mengenali mereka.

"Kau, Sulaiman?" kata seorang lelaki berbadan tegap. Mukanya bengis dan kosong tanpa sebarang perasaan.

"Aziz Botak, dia kirim salam kau," kata lelaki itu sejurus sahaja Sulaiman mengangguk kepala.

Kemudian lelaki ini memberi isyarat kepada teman-temannya lalu mereka pun beramai-ramai membelasahi Sulaiman.

Sulaiman cuba melindungi tubuhnya dari tumbukan kuat lelaki-lelaki tersebut tetapi tidak berupaya kerana mereka terlalu ramai. Akhirnya, disebabkan terlalu sakit dipukul, Sulaiman pun jatuh ke lantai dan pengsan. Ada di antara lelaki itu masih terus memukul dan menendang Sulaiman yang kini mulai luka lagi berdarah. Selepas itu, lelaki yang berbadan tegap tadi memberi isyarat dan mereka pun berlari cepat meninggalkan tempat kejadian tersebut. Beberapa orang kampung yang nampak Sulaiman terbaring di atas jalan lalu datang menolong dan mengangkatnya pulang ke rumah.

Pada keesokan pagi, Ahmad sedang membaca surat khabar di pejabatnya apabila dia terserempak dengan satu potongan cerita tentang Sulaiman yang dipukul oleh beberapa orang. Hatinya menjadi gugup setelah habis membaca berita itu.

"Sulaiman sudah meninggal. Innalillah," hatinya berkata dengan penuh sayu.

Hassan pula mendapat berita tentang kematian Sulaiman melalui surat khabar juga. Menurut berita itu, mayat Sulaiman akan dikebumikan pada petang hari itu di Pusara Aman. Kemudian, Hassan beritahu majikan akan rancangannya untuk mengambil cuti setengah hari pada hari itu.

"I have to leave for Pusara Aman this afternoon. He's my old friend." Hassan beritahu kepada GM setelah mereka berjumpa.

"No need to take leave. Just go and pay your last respect to your friend," jawab GM itu dengan penuh hormat.

"Thank you," jawab Hassan sebelum beredar dari pejabat GM itu.

Sejurus selepas solat Zohor, Hassan pun sampai di Pusara Aman di Lim Chu Kang dengan keretanya. Dia mencari bas jenazah yang berada di sana kerana kawasan perkuburan itu sungguh luas. Kemudian dia ternampak bas tersebut lalu pergi ke sana. Tiba sahaja di tempat itu, Hassan lihat banyak orang sedang memerhatikan mayat diangkat masuk ke dalam liang lahad oleh beberapa orang muda.

"Ini jenazah Sulaiman bin Darus?" tanya Hassan kepada salah seorang lelaki yang berada di sana.

Setelah mendapat kepastian tentang jenazah itu, Hassan pun mendekati tempat kubur itu. Tidak lama kemudian, Pak Imam membaca doa sebelum menamatkan tahlil. Dengan penuh syahdu, Hassan menyambut doa dengan mengucapkan 'Amin' setiap kali Pak Imam berhenti membaca.

Kemudian Hassan meninggalkan tempat perkuburan teman lamanya itu dengan berat hati. Belum jauh dia berjalan, tiba-tiba dia menerima tepukan di bahunya. Dia menoleh ke belakang untuk melihat orang yang menegurnya tadi.

"Ahmad, tidak sangka kau datang juga," kata Hassan kepada Ahmad, teman lamanya.

"Apa kabar, San? Lama kita tidak berjumpa," tanya Ahmad kembali.

Belum sempat Hassan menjawab, Ahmad bertanyakan lagi tentang diri temannya itu.

"Kau masih dengan SAF?" bertanya Ahmad teringatkan peristiwa rusuhan kaum yang berlaku lebih sepuluh tahun yang lalu.

"Aku sudah lama bersara. Sekarang ini aku bekerja di Jurong. Sudah masuk tujuh tahun," jelas Hassan.

"Kau datang naik kereta?" tanya Hassan kepada Ahmad sambil mencari keretanya.

"Ya. Kau tidak boleh duduk berbual sekejap dengan aku?" tanya Ahmad mengingatkan temannya itu tentang hubungan mereka yang telah lama tidak berjumpa.

"Mari masuk ke dalam kereta aku," tambah Ahmad sambil menunjuk kereta *Mercedes* biru di hadapan mereka.

Setelah mereka duduk di dalam kereta itu, Ahmad memulakan enjin kereta lalu hidupkan sistem hawa dinginnya. Dia kemudian meletakkan songkoknya di tempat duduk belakang dan menyapu peluh didahinya dengan kain sapu tangan. Hassan hanya duduk diam sambil memuji keindahan kereta ini dibandingkan kereta *Volkwagon Beetle* yang dipandunya.

"Tidak sangka Sulaiman akan meninggalkan kita," kata Ahmad memulakan perbualan mereka.

"Kau tahu kenapa dia dipukul orang?" Hassan bertanya dengan curiga.

"Menurut orang kampung, dia dipukul sebab mereka marah dengannya," jawab Ahmad mengongsi berita.

"Kenapa mereka marah dengannya? Apa dia sudah buat?" bertanya Hassan lagi.

"Aku diberitahu bahwa orang yang memukul dia bukan dari kampung itu. Mereka datang dari luar." Ahmad menerangkan.

"Mereka ini tidak puas hati dengan Sulaiman sebab dia buang barang mereka," tambah Ahmad.

"Barang apa?" tanya Hassan yang mulai tambah curiga.

"Dadah, apa lagi," beritahu Ahmad dengan sinis.

"Menurut orang kampung lagi, Sulaiman beri amaran kepada mereka jangan jual barang itu dikampungnya. Jadi mereka dendam 'sama' dia," kata Ahmad lagi.

Hassan menggelengkan kepalanya.

"Sejak dari dahulu lagi, kau memang suka bantu orang, Man," puji Hassan kepada teman lamanya, Sulaiman.

"Itulah kelebihannya, San," sambut Ahmad dengan nada perlahan. Dia kemudian membaca doa selamat di dalam hatinya.

"Masalah dadah ini amat teruk sekali," kata Ahmad meneruskan perbualan mereka.

"Aku tahu. Di rumah aku sahaja, banyak budak-budak kita yang menjadi penyalahguna dan juga penagih dadah." Hassan beritahu dengan penuh semangat.

"Tidak tahu salah siapa. Ibu bapa atau pemerintah?" bertanya Hassan pula.

Ahmad teringatkan perbualannya dengan temannya, Firdaus dahulu. Dia juga ada menanyakan soalan yang sama tentang hal ini.

"Aku berasa bukan salah mereka tetapi kita," kata Ahmad di hatinya.

"Kita ini, masyarakat Melayu. Kita mesti berganding bahu membanteras penyalahgunaan dadah di kalangan anak muda kita. Seperti apa yang dilakukan oleh Sulaiman itu," tambah Ahmad.

"Sulaiman ada meninggalkan anak?" tanya Hassan ingin mengetahui lebih lanjut tentang temannya.

"Ada. Seorang," jawab Ahmad ringkas.

"Masih sekolah?" tanya Hassan lagi.

"Baharu habis mengambil peperiksaan GCE O Level. Budaknya bijak. Mungkin aku akan bantunya untuk meneruskan pelajarannnya nanti," kata Ahmad tentang rancangannya hendak membantu keluarga arwah Sulaiman.

"Anak kau berapa, San?" tanya Ahmad teringatkan temannya yang sedang duduk di sisinya.

"Lapan," jawab Hassan pendek.

"Semua masih belajar lagi?" tanya Ahmad kembali.

"Ada masih lagi belajar di sekolah," jawab Hassan dengan tenang.

"Kesemua mereka aku masukkan ke dalam aliran Melayu," beritahu Hassan. Dia memang bangga dengan keputusannya memasukkan anak-anaknya ke sekolah aliran Melayu.

"Aku tidak mahu mereka lupakan agama dan nilai budaya kita," tambah Hassan dengan sungguh-sungguh.

"Aku setuju. Namun, San." kata Ahmad dengan nada sederhana.

"Penyerapan nilai oleh anak-anak bermula di rumah mereka. Tidak kisah mana sekolah pun yang dipilih, yang pentingnya kita didik anak kita dengan betul dari mula lagi," kata Ahmad sambil mengongsi pendapatnya.

"Bagi aku pula, Mat. Bahasa dan budaya mesti dididik di sekolah supaya terdapat kesinambungan di rumah," kata Hassan menerangkan kedudukannya dalam hal itu.

"Malangnya, sekolah Melayu semakin berkurangan sebab banyak ibu bapa menghantar anak-anak mereka ke sekolah aliran Inggeris. Aku dengar Sekolah Sang Nila Utama akan ditutup tidak lama lagi. Inilah satu-satunya sekolah Pra-Universiti Melayu di sini," tambah Hassan lagi.

Ahmad mengangguk kepala perlahan. Dia sedar ramai orang Melayu inginkan bahasa dan nilai hidup mereka berterusan di tengah-tengah arus pemodenan di Singapura. Mereka ini seperti Hassan mahu menegakkan nilai dan budaya Melayu dari terjerumus dan ditelan oleh budaya hidup moden yang dipelopori oleh negara-negara Barat.

"Aku setuju. Aku pun berasa sedih dengan berita itu. Tentang menempatkan anak di sekolah aliran Melayu atau Inggeris, itu adalah pilihan ibu bapa masing-masing," kata Ahmad memberi pendapatnya.

"Kalau mereka rasa pendidikan Inggeris mempunyai masa depan yang lebih baik untuk anak mereka, terpulanglah. Sama seperti juga ibu bapa yang menghantar anak-anak mereka ke madrasah. Mereka mempunyai sebab-sebab tersendiri," tambah Ahmad lagi.

"Sebab ekonomi, maksud kau?" tanya Hassan dengan sinis.

"Martabat dan maruah bangsa tidak boleh dijual beli. Kita perlu sedar siapa diri kita ini setiap kali berdepan dengan masalah-masalah hidup," kata Hassan mengongsi falsafah hidupnya.

"Aku tidak sanggup melihat anak-anak kita hidup tanpa menghargai nilai dan budaya Melayu kita," Hassan menerangkan lagi dengan sungguh-sungguh.

Ahmad mengangguk kepalanya lagi dengan perlahan. Dia bersetuju dengan ucapan Hassan tadi tetapi berasa ada perkara lebih penting darinya.

"Yang menjadi masalah bagi aku ialah kadar rendah bilangan anak-anak Melayu yang tamat pelajaran mereka di sekolah," kata Ahmad selepas menarik nafas panjang.

"Ramai di antara mereka ini tidak mempunyai sijil GCE O *Level*. Bagaimana dengan masa depan mereka nanti?" tanya Ahmad akan masalah orang Melayu ketika itu.

"Ibu bapa mesti mainkan peranan mereka dan menggalakkan anak-anak mereka terus belajar secukupnya. Mereka tidak boleh ambil sikap tidak indah," katanya lagi.

Perbualan mereka itu berakhir apabila Hassan meminta diri sebab waktu Asar akan masuk sebentar lagi. Dia ingin pulang ke tempat kerjanya dahulu.

"Kita jumpa lagi, San," kata Ahmad sebelum mereka berpisah.

"InsyaAllah," jawab Hassan pendek.

"Ini alamat kerja aku. Kau boleh hubungi aku di sini. Jangan lupa!" kata Ahmad sambil memberi kad perjawatannya kepada Hassan. Dia memang benar-benar berharap agar mereka dapat terus berhubungan.

Hassan mengambil kad itu lalu dimasukkannya ke dalam poket baju. Kemudian, dia pun keluar dari kereta Ahmad dan menuju ke tempat keretanya.

Keadaan di Pusara Aman menjadi sunyi sepi selepas semua kenderaan yang datang tadi meninggalkan tempat itu. Hassan dan Ahmad turut meninggalkan tempat itu tetapi dengan hati yang berat.

"Assalamualaikum, Man. Semoga Allah berkati roh kau," doa Ahmad di hatinya.

"Semoga segala jasa dan pengorbanan kau kepada keluarga, jiran-jiran dan teman-teman lain diberkati oleh Allah," Ahmad menutup doanya.

Bab Tiga Belas

Pada tahun 1977, Dr Ahmad Mattar dilantik menjadi Menteri Hal-ehwal Masyarakat Melayu Islam di Singapura Pemerintah Singapura menumpukan perhatian terhadap peningkatan hidup orang-orang Melayu bagi mengelakkan mereka daripada ketinggalan dengan lain-lain masyarakat di Singapura. Pada tahun 1980, satu sidang perbincangan tentang perkara ini telah diadakan dan ia melibatkan ramai ahli-ahli persatuan Melayu/Islam serta ahli-ahli Parlimen Melayu/Islam.

Ahmad bersama Firdaus diundang untuk menghadiri perbincangan tersebut yang diadakan di sebuah hotel terkemuka di Singapura. Apabila dia sampai di hotel tersebut, Ahmad melihat ramai peserta terdiri dari mereka yang dikenalinya terlibat dalam kerja-kerja kebajikan. Dia berasa kagum dengan kehadiran mereka di sisinya. Di hatinya dia percaya perjumpaan ini akan menghasilkan sesuatu yang penting untuk masa depan masyarakat Melayu.

Setelah tetamu terhormat habis memberikan kata perangsang dipermulaan sidang, panel perbincangan memulakan tugas mereka dengan mengemukakan beberapa usulan untuk dibincangkan. Satu persatu di antara para peserta memberikan pendapat mereka. Ada yang bernas, ada yang bersesuaian dan ada juga yang terlalu idealistik. Namun, kesemuanya dihargai oleh panel perbincangan itu.

Sidang dimulakan lagi selepas makan tengah hari. Ramai peserta telah pun memberi pandangan mereka melainkan Ahmad. Jika siang tadi dia tidak tergerak mengongsi pendapatnya, kini dia berasa sebaliknya. Dia ingin sidang mengambil kira betapa perlunya masyarakat Melayu mengutamakan pelajaran bagi anak-anak mereka untuk berjaya dalam hidup amnya, dan di Singapura khususnya.

"Aku mesti berikan pendapat ini di sidang nanti," bisik Ahmad dihatinya.

Dia kemudian mengambil tempat untuk berucap di dalam sidang itu. Apabila tiba gilirannya, Ahmad terus diam terpaku. Semua fikirannya yang hendak dikongsi tadi hilang ketika itu. Hatinya menjadi cemas dan dia mulai berpeluh seluruh badan. Ahli panel memanggilnya supaya segera memberikan pendapatnya tetapi Ahmad tetap diam tidak bersuara. Di saat gentir ini, Ahmad teringatkan wajah Pak Agus, Sulaiman, Hassan, Pak Sudir, Firdaus, Milah dan Zainab. Wajah orang-orang yang telah berusaha dan bertekad untuk keluarga dan bangsa mereka, melintasi fikirannya. Mereka inilah orang-orang yang telah menyentuh hidupnya dan menjadi inspirasi bagi dirinya.

Ahmad menarik nafas panjang lalu memulakan ucapannya.

"Seperti yang diajarkan oleh agama Islam kita, Tuhan tidak akan menolong sesuatu bangsa melainkan mereka berusaha dahulu. Dari itu, jika kita sendiri tidak membuat sesuatu untuk membantu masyarakat kita, maka itu tuan-tuan, kita tidak akan berjaya," kata Ahmad dengan tenang.

"Kalau dulu semasa Natrah, kita bangunkan masyarakat dengan semangat anti-penjajah. Kemudian, kita bergelut sesama sendiri dalam Malaysia sambil bertengkarah dengan Indonesia. Kini, setelah lebih sedekad berpisah dari Malaysia, kita tumpukan tenaga dan fikiran kita kepada pembangunan masyarakat. Bagaimana hendak melakukan ini, tuan-tuan?" tanya Ahmad sambil memandang ke arah para hadirin.

"Kita perbaharui azam masyarakat kita dengan berikan anak-anak kita peluang untuk mencapai kejayaan dalam hidup. Kita pupuk dalam diri mereka semangat mengejar ilmu justeru itu mempunyai fikiran yang luas, rasional lagi bijaksana. Kita bantu mereka mencapai pembelajaran yang setinggi mana mereka boleh tercapai," kata Ahmad dengan penuh semangat.

"Kita semaikan dalam diri para ibu bapa Melayu sifat bertanggungjawab ke atas pembelajaran anak-anak mereka. Kita pastikan kadar keciciran anak-anak Melayu dalam pembelajaran turun ke paras sifar." Ahmad berkongsi akan pendapatnya tentang isu yang amat penting dalam dirinya.

"Kita berikan tumpuan kepada peningkatan taraf sosial masyarakat kita di Singapura. Mereka yang ingin majukan diri, kita beri sokongan dan bantuan. Kita tingkatkan bilangan orang Melayu yang memegang jawatan tinggi lagi professional di peringkat nasional. Mengikut laporan banci 1980, bilangan Melayu yang berjawatan professional dan setaraf ialah lapan peratus sahaja. Kita tingkatkan bilangan mereka ini kepada dua kali ganda atau lebih dalam masa sedekad," tambah Ahmad.

"Masyarakat kita memerlukan satu kepimpinan yang dapat membantu mereka keluar dari perangkap hidup yang sedang dialami. Saya rasa para hadirin dapat memainkan peranan tadi. Kita bantu mereka mencapai impian ini," tambah Ahmad menghabiskan ucapannya.

Hatinya lega sejurus sahaja habis berucap. Segala beban yang dirasakan tadi kini hilang. Yang tinggal hanyalah harapan agar panel perbincangan akan mengambil kira pendapatnya itu tadi.

Di akhir sidang, persetujuan telah tercapai mengenai usul untuk menubuhkan satu badan bantu diri bagi masyarakat Melayu/Islam di Singapura. Dr Ahmad Mattar bersetuju membincangkan usul ini dengan ahli-ahli kabinet yang lain supaya mendapat persetujuan dan bantuan dari pemerintah. Dia yakin mereka akan memberi sokongan kepada usul tersebut.

"Kau rasa kita akan mendapat sokongan dari pemerintah?" tanya Firdaus sejurus sahaja mereka keluar dari dewan perbincangan.

"Ya. Aku yakin," jawab Ahmad ringkas.

"Ucapan kau tadi amat bernas dan tepat sekali," kata Firdaus sambil menepuk bahu temannya.

"Anak-anak muda kita perlukan satu penukaran minda untuk berjaya." tambah Firdaus lagi.

"Apabila mereka berbuat demikian, aku yakin masyarakat kita akan memainkan peranan penting dalam pembangunan Negara," sambut Ahmad dengan nada suara yang penuh semangat.

"InsyaAllah," sambut Firdaus dengan spontan.

Pada tahun 1982, sebuah badan bantu diri sendiri, Mendaki telah ditubuhkan dengan tujuan untuk membantu masyarakat Melayu Singapura dalam bidang sosial dan pelajaran. Pemerintah Singapura akan memberi bantuan kewangan kepada badan ini manakala masyarakat Melayu sendiri boleh membuat sumbangan kepada tabung Mendaki ini melalui wang CPF mereka.

Dalam upacara majlis perasmian Mendaki pada bulan September 1982 di Pasir Panjang, ramai pemimpin-pemimpin masyarakat ketika itu telah diundang hadir termasuklah Ahmad. Mereka kelihatan gembira berada di majlis ini, satu titik permulaan bagi masyarakat Melayu mengolah masa depan mereka. Ramai yang berjabat tangan dengan erat seolah-olah yakin usaha mereka ini akan berjaya.

Sementara itu, Hassan pula dijemput hadir untuk menyaksikan salah seorang anaknya menerima hadiah atas kejayaan cemerlang beliau dalam peperiksaan peringkat GCE 'O' pada tahun lepas. Hassan duduk bersama dengan para ibu bapa lain di bahagian tengah dewan itu. Hatinya berasa puas kerana segala pengorbanan yang dibuat untuk keluarganya kini mulai berbunga. Dia tersenyum bangga di sepanjang majlis itu.

Di majlis yang sama juga, Milah adalah salah seorang penerima habuan diatas kelakonan baiknya dalam peperiksaan sekolah. Ibunya, Mariani turut hadir bersama di dewan tersebut. Seperti para ibu bapa lain, Mariani berasa bangga dengan kejayaan anak tunggalnya itu.

"Akhirnya kita berjaya juga, Abang Man," kata Mariani perlahan sambil memberi tepukan apabila nama Milah binte Sulaiman dipanggil naik ke pentas untuk menerima habuannya.

Di satu sudut lain didalam dewan itu, Ahmad sedang duduk memerhatikan upacara tersebut.

"InsyaAllah, nanti bila Milah akan melanjutkan pelajarannya ke universiti, aku akan bantunya. Sama seperti bapanya, Sulaiman yang selalu membantu orang lain," ikrar Ahmad kepada diri sendiri apabila melihat Milah menaiki pentas.

"Kita berkorban dan membantu sesama sendiri untuk berjaya dalam hidup," tambah Ahmad lagi.

****